Ingrid Quack

**Warme Milch**

Ingrid Quack

# Warme Milch

## Ein Roman in 50 Kapiteln

VERLAG
RALF LIEBE

Herausgegeben von Helmut Braun

Verlag Ralf Liebe, Weilerswist, 2024



Herstellung: Rheinische Druck

Verlag Ralf Liebe

Kölner Str. 58

53919 Weilerswist

Tel.: 0 22 54/33 47

E-Mail: info@verlag-ralf-liebe.de

Internet: verlag-ralf-liebe.de

ISBN: 978-3-948682-56-9

20.- Euro

## Inhaltsverzeichnis

Kapitel I

# Anneliese

Das Schwein läuft über den Hof und grunzt um sein Leben. Der Metzger treibt es in den Keller, der Schuss.

Luise vergräbt sich mit ihrem Buch ins Wohnzimmer. Sie soll helfen. Sie hasst das Leben auf dem Bauernhof.

Haben Hühner zwei oder vielleicht vier Beine? Sie ist sich nicht so sicher. Vorige Woche wurde der Eber zum Begatten auf eine Sau losgelassen, auch sie grunzte um ihr Leben, schien es Luise. Sie legt das Buch zur Seite und geht in den Keller.

Das heiße Wasser wird über das tote Schwein gegossen, die Borsten abgekratzt. Luise bekommt eine Gänsehaut. Die Augen des Tieres liegen aufgerissen im Abfluss. Das noch warme Blut wird geschlagen, es soll für die Wurst sein.

Luise stiehlt sich weg, flüchtet wieder zu ihrem Buch. Eigentlich heißt sie Anneliese, so rufen die Eltern sie, so steht es im Familienstammbuch, das sie manchmal aus der schweren Schublade des Wohnzimmerschrankes hervorholt.

Aber sie nennt sich Luise und stellt sich ein Haus voller Bücher und Musik vor.

Morgens braucht sie immer lange bis sie im Feld ist. Es ist ihr nicht egal, was sie anhat, schön möchte sie sein und klug.

Das Elternhaus liegt abseits, ein holpriger Feldweg führt vom Dorf zum Hof. Die Welt muss hier zu Ende sein, dachte sie, als sie klein war.

Luise steht am Wohnzimmerfenster und schaut auf die Felder, zu den Tannen, zu den Obstbäumen, zu den Pappeln, den Birken. Das Rauschen der Blätter hat etwas Tröstliches.

„Kommste nu, sons mach isch dich Beine“, hört sie den Vater schreien. Langsam geht sie die Treppe hinunter, stellt sich an die Tür und schaut zu. Die Gedärme müssen gesäubert werden, dorthinein soll der Wurstbrei gefüllt werden.

Im Sommer hat sie das erste Mal ihre Regel bekommen. Es beunruhigt sie. Wenn das Blut kommt, klemmt sie die Beine zusammen und hält die Luft an. Aber es fließt trotzdem!

Kapitel 2

# Himbeerrubin

„Mit dem Kind stimmt wat nich, dat sagen de Leut in et Dorf auch", weint die Mutter. „Dat jrüßt ja niemand, dat kann Unkraut nich von Jemüs unterscheiden, dat jibt doch nich. Un jetzt rennt et auch noch mit de Puppenwagen rum. Dat eet sich nich schämt, dat is doch zu alt dafür. Wat solle de Leut bloß sagen?"

Die Mutter kann sich nicht beruhigen. Luise nimmt den alten Puppenwagen, sie muss sich bücken, um ihn schieben zu können.

„In deine Alter spielt man doch nich mehr mit Puppen", jammert die Mutter weiter. Das Mädchen bettet die Puppe sorgsam, streicht die Decke glatt und redet beruhigend.

„Alles wird wieder gut", beginnt sie zu singen. Sie schiebt den Wagen zum Tor hinaus, vorbei an den Himbeersträuchern. Sie steckt sich ein paar süße Beeren in den Mund und gräbt ihre Zunge in die dunkelrote Frucht.

Sie legt ein paar Himbeeren neben die Puppe. Sie leuchten wie Rubine auf dem weißen Kopfkissen. Im Kornfeld wiegt sich der Mohn mit dem Wind.

Luise hat schon oft versucht ihn mitzunehmen, doch die zarten Blätter sind meist schon von alleine auf dem Nachhauseweg weggeflogen.

Das Mädchen läuft ins Feld und berührt die roten Blätter vorsichtig mit den Fingerspitzen. Dann geht sie zurück, schiebt den Wagen weiter. Sie ist nicht mehr zu sehen. Das Dorf ist verschwunden. Jetzt hört sie es nicht mehr. „Dat Kink is so komisch, mit dem stimmt doch wat nich."

Sie nimmt ihre Puppe aus dem Wagen und setzt sich ins Gras. Luise wiegt sie sanft hin und her und summt dabei.

Kapitel 3

# Paradies

Die zartrosafarbenen Blüten der Ackerwinde schlingen sich um den Maschendrahtzaun, der das Gehöft umgibt. Luise lugt durch den Zaun, ihr Blick fällt auf die Pappeln und die Birken, die sich freundlich im warmen Frühsommertag wiegen. Das Rauschen der Blätter klingt aufgeregt und gleichzeitig legt sich eine ruhige Gewissheit des Trostes über das Mädchen.

Die Früchte des Erdbeerfeldes leuchten in den Tag, es riecht süß, ihr wird wohlig. Luise streckt ihre Hand aus und will danach greifen, zieht sie wieder zurück. „Das Paradies" wird das Gehöft genannt, mit seinen vielen Obstbäumen, den kleinen Gemüsefeldern, den wogenden Weizenhalmen, der ruhigen Lage abseits des Dorfes.

Hier hört mich niemand schreien, denkt das Mädchen, alle sind weit weg. Von weitem hört Luise das nervöse Grunzen der Schweine aus dem Stall, es ist Futterzeit. In Gedanken sieht sie die Tiere vor sich, wie sie sich aufbäumen und sich auf die dicken Eisenstangen stellen, ihre Mäuler aufreißen und nach dem Futter schnappen.

„Dat Kink is auch zu nix nütze"; hört sie die Stimme, die sie vom Feld jagt, weil sie sich nicht merken kann, was Unkraut, was eine Nutzpflanze ist, und weil sie Angst vor Schweinen hat und sich vor ihnen versteckt.

Luise betrachtet wieder die Blüten, legt ihre Hand schützend um sie. Sie läuft weiter am Zaun entlang, bis zu der Wiese mit den Kirschbäumen, auf die sie so gerne klettert und in deren Blätterdach ein Haus findet. Hier findet sie Raum für ihre Träume und Schutz vor den Blicken des Vaters, die sie verschlingen wollen.

Die Kirschen sind noch grün, sie muss noch warten bis sie sich mit Ohrringen schmücken kann. Sie geht weiter zu den Tannenbäumen, die am Zaun stehen, hoch und dunkel halten sie Wacht.

„Dat Kink taucht nix, dat is zu nix nütze“, da ist sie wieder die Stimme, die sich über sie erhebt und ihr Urteil fällt. Ihre Bemühungen den Eltern zu gefallen scheitern. Sie ist zu langsam, zu umständlich.

Sie sieht sich noch weinend auf dem Schoß der Kindergärtnerin, die sie tröstet, weil sie Angst hat, die Puppenecke zu verlassen, und oft weint. Durch ihre freundliche Stimme hat sich in Luises Kopf eine Ordnung gebildet, die ihr Sicherheit gibt.

Luise läuft weiter zum grünen Tor. Sie sieht den kleinen Feldweg, der zum Haus führt, mit seinen Wiesenblumen, die bunt und übermütig in den Tag winken. Sie mag es, Blumensträuße zu pflücken und sich eine Krone für ihr Haar zu flechten. Sie stellt sich dabei vor, eine Prinzessin zu sein.

Wenn es regnet bilden sich auf dem Weg große Pfützen und sie kann Papierschiffchen auf die Reise schicken.

Das Paradies ist voller Blumen und Bäume. Luise hat ein Haus für ihre Puppen unter der großen Trauerweide gebaut und unter dem Nussbaum einen Friedhof für Frösche, Mäuse und Vögel.

Die Stimme des Vaters ist so laut, sie solle tun, was er sagt, sie sei sein Fleisch und Blut. Frauen müssen gebürstet werden. Er meint es nicht so, sie solle Verständnis haben, sagen die Leute aus dem Dorf.

Der Löwenzahn leuchtet so sonnig, der Wind streichelt ihr Haar. Sie habe es so gut.

Luise schaut ins Paradies. Der helle Sommertag ist so dunkel.

Kapitel 4

# Kornfeld

Die Halme reichen ihr bis zur Brust, wenn sie sich etwas bückt, ist sie nicht mehr zu sehen. Luise hat Hanne überredet sich ein Haus im Kornfeld zu bauen, inmitten von Korn- und Mohnblumen, die im ganzen Feld zu finden sind.

Sie laufen Hand in Hand, immer schneller, die Halme beugen sich vor ihnen und kratzen an den Beinen. In der Mitte des Feldes bleiben sie stehen. „Jetzt brauchen wir einen großen Platz. Komm, wir legen uns auf den Boden und machen Engel wie im Winter im Schnee."

Hanne schaut ängstlich zum Haus, ob die Eltern zu sehen sind. Es ist verboten, dort zu spielen und das Korn platt zu machen.. Luise wird immer ausgelassener und paddelt mit Armen und Beinen.

Es hat sich schon eine große Fläche gebildet. Die Mädchen legen sich nebeneinander, kuscheln sich aneinander und schauen in die Wolken.

„Sollen wir uns ausziehen, Hanne?" Die Schwester zögert, aber schon bald liegen die Schwestern nackt nebeneinander.

Sie betrachten ihre Brustwarzen. „Ich kann es mir überhaupt nicht vorstellen, wie es ist einen Busen zu bekommen. Ich möchte lieber keinen." Sie betrachten sich gegenseitig.

„Ob die Kinder da herauskommen oder aus dem Bauchnabel?" Hanne fährt neugierig mit dem Finger in Luises Nabel. „Sieht voll komisch aus," meint sie voller Abscheu.

Die Mädchen betrachten sich zwischen ihren Beinen und erforschen sich mit den Fingern. „Hast du da auch eine Höhle, in der du mit dem Finger verschwinden kannst?", fragt Luise Ihre Schwester. Langsam wird es ihr unheimlich und sie bekommt Angst. Sie zieht die Hand weg. „Komm, wir ziehen uns wieder an."

Von weitem hören sie die Eltern. Wenn sie jetzt jemand sehen würde. Sie kriechen vorsichtig durch das Kornfeld zurück und hinterlassen eine kleine Schneise.

„Sollen wir mit den Puppen spielen, wir könnten sie ausfahren bis zum grünen Tor.“ Denn dahinter ist das Paradies zu Ende.

Kapitel 5

# Hänsel und Gretel

Die Wand zu dem Schlafzimmer der Eltern ist dünn. Fast jedes Geräusch ist zu hören und Luise bekommt jedes Wort mit, das die Eltern sprechen.

Oft torkelt der Vater nachts die Treppe hoch und singt laut vor sich hin, dann fängt die Mutter an zu schreien und beschimpft ihn.

Luise zieht die Decke über den Kopf, sie kann nicht einschlafen. Sie nimmt ihre Puppe und legt sie neben sich.

Sie hört die Stimmen der Eltern, sie reden über Hanne und sie, wer klüger, wer schöner, wer hilfsbereiter sei. Luise erschrickt, als sie ihren Namen hört, sie sei so ungezogen, nur auf sich bedacht und teile ihre Sachen nicht mit der Schwester.

Dann hört sie, wie auch über Hanne gesprochen wird, dass sie dumm sei und es zu nichts bringen würde.

Wollen sie mich loswerden, so wie es bei „Hänsel und Gretel" im Märchen ist.

Wir werden wohl gemeinsam abgegeben, schließt Luise aus dem Reden der Eltern. Sie wollen uns nicht, wir sind nicht richtig.

Morgen wird sie anfangen Steine zu sammeln und sie in ihrem Nachtschränkchen verstecken, damit sie den Weg zurückfinden.

Hanne schläft schon lange. Soll sie ihr davon erzählen, sie muss ihr beim Sammeln helfen, sie brauchen viele Steine.

Der Schlaf will nicht kommen, die Eltern reden immer noch. Schon wieder hört sie ihren Namen.

Aber irgendetwas muss doch auch gut an mir sein. Sie denkt und denkt, aber ihr fällt nichts ein. Die Eltern haben wohl recht.

Morgen fängt sie mit dem Sammeln an, ganz viele müssen es sein.

Kapitel 6

# Lachen

Sie sitzen auf dem Küchentisch und trinken die noch warme Kuhmilch, becherweise um die Wette, prusten los, spritzen über den Tisch.

Sie beginnen zu lachen, können nicht mehr aufhören, ihre Körper schütteln sich. Das Lachen geht in ein Weinen über, die Tränen laufen.

„Wat jibt et da zu lachen, seid ihr denn janz durchjedreht und dann de Schweinerei mit de Milch. Runter von de Tisch, dat jehört sich nich. Nix als Ärjer mit de Puten. Ich armet Deer, womit han ich dat verdient," jammert die Mutter.

Hanne und Luise halten erschrocken inne und rutschen vom Tisch, setzen sich auf die Eckbank und schauen sich ängstlich an. Die Mutter mag es überhaupt nicht, das Herumalbern. Sie holt wieder den Kartoffeleimer und beginnt die Kartoffeln für das Mittagessen zu schälen und für die abendlichen Bratkartoffeln, wie jeden Vormittag, dabei kneift sie die Augenbrauen zusammen und sieht sehr ernst aus.

Die Mädchen verziehen sich, Luise verschwindet in der Puppenecke und redet mit Else, ihrer Lieblingspuppe, die so laut „Mama" rufen kann, wenn man sie hin und her bewegt. Ihr kann sie alles erzählen.

Hanne kommt wieder zu ihr und die beiden laufen durch den Flur und singen: „Onkel und Tante, das sind ja Verwandte, die man am besten nur von hinten sieht," dabei wackeln sie ausgelassen mit dem Po und wieder dieses Lachen, das aus ihnen herausbricht, laut und kräftig.

Die Eltern sind ernst und schimpfen viel. Immer wieder wünscht Luise sich andere Eltern, so wie die ihrer Freundin, die miteinander lachen und sich in den Arm nehmen, sich sogar küssen.

Dies kommt ihr dann wie ein anderes Leben vor, wie ein Leben aus ihren Märchenbüchern. Wenn sie nur lieb genug ist, kommt ein Prinz, findet sie und nimmt sie mit auf sein Schloss und da wird ganz viel gelacht, stellt sie sich vor.

Kapitel 7

## Tante Annemie

Sie sitzen eng beieinander auf der hinteren Sitzbank, Hanne und Luise, vorne die Mutter hinter dem Lenkrad, daneben der Vater mit der Zigarre. Den Mädchen wird schlecht, wie immer, wenn sie sonntags zu den Großeltern fahren. Hanne hält eine Plastiktüte in der Nähe ihres Mundes, sie beginnt zu würgen.

Luise hat Angst vor der Wohnwagensiedlung, an der sie vorbeikommen, wo Zigeuner leben. Sie würden kommen und Kindern, die lutschen, mit einer großen Schere den Daumen abschneiden. Sie passt genau auf, dass sie den Daumen versteckt unter ihrem Kleid hält, dass er nicht in ihrem Mund landet, was ihr meist wie von selbst passiert. Zuhause hat sie ein Bilderbuch, wo ein Kind mit abgeschnittenen Daumen dasteht und das Blut zu Boden tropft.

Es ist wieder einmal gut gegangen, die Siedlung liegt hinter ihnen, die Hälfte des Weges ist geschafft, Hanne hat sich nicht übergeben. Luise beginnt sich auf den Besuch zu freuen, Tante Annemie wird auch da sein. Es gibt Kaffee und Kuchen mit Schlagsahne und vor allem roten Traubensaft, den es sonst nicht gibt.

Luise mag es, einen richtigen Berg Schlagsahne auf ihren Teller zu häufen und ihn dann genüsslich auszulöffeln.

Die Fahrt ist geschafft, die Mädchen laufen zu der Schaukel, die an den dicken Balken der Scheune befestigt ist.

Tante Annemie steht in der Tür und winkt ihnen zu. Sie lacht. Luise mag ihr Lachen, es ist hell und strahlt über den ganzen Hof. Aber es gibt gar keinen Grund, ihre Augen glänzen immer. Die Tante sei wie die Oma, eine Leichte, und könne nicht mit Geld umgehen, heißt es.

Tante Annemie hat ein Geschenk für sie, einen Apfel, der das Aussehen eines Clowns hat. Sein Kopf besteht aus einer Mandarine, eine Kirsche als Nase und auf dem Kopf trägt er einen gefalteten Papierhut, an dem ein Glöckchen befestigt ist.

Luise mag den kleinen Kerl und hält ihn ganz fest. Die Tante schenkt oft etwas Selbstgemachtes; das sei, weil sie kein Geld habe, aber sie findet die Dinge meist viel schöner als die gekauften Sachen. Sie wird ihn neben ihr Bett stellen. Sie bewegt den Clown hin und her und freut sich über den schönen Klang der kleinen Glocke.

Tante Annemie geht in die Küche und zieht sich eine weiße Schürze an, die sich über ihren runden Bauch spannt, sie nimmt die Schüssel und beginnt die Sahne zu schlagen, dabei summt sie vor sich hin.

Luise kann ihren Blick nicht von ihr lassen. Sie freut sich auf den schön gedeckten Tisch und dass alle zusammensitzen und auf den Sahneberg auf ihrem Teller.

Sie geht zum Sofa, nimmt die Kissen und macht es sich gemütlich, niemand beobachtet sie, sie nimmt den Daumen, steckt ihn in den Mund und lutscht, es wird so leicht und warm, Tante Annemie singt.

Kapitel 8

# Laterne

Er teilt seinen Mantel mit dem Bettler. Jedes Jahr wird dieses Spiel vorgeführt mit einem großen Feuer. St. Martin sitzt auf einem großen Pferd, der Mann zu seinen Füßen ist kaum bekleidet. Er zerreißt den roten Samtstoff und legt ihn um den Knieenden.

Luise schaut gebannt auf das Schauspiel. Danach laufen alle mit ihren Laternen durch das Dorf, Kinder mit ihren Eltern, Großeltern. Der Spielmannszug spielt vorneweg die bekannten Lieder, viele singen mit. Sie trägt einen großen Mond, ganz vorsichtig, damit die Kerze nicht ausgeht.

„Brenne auf mein Licht…“, klingt es. Am Ende gibt es einen Stutenkerl und einen warmen Kakao für jedes Kind. Der Laternenumzug ist vorbei, die Gruppe löst sich auf.

Luise will noch nicht nach Hause, möchte noch etwas von der Stimmung behalten. Jetzt nach Hause, mit der Mutter, das Schimpfen. Durch die Straßen laufen, vorbei an den beleuchteten Häusern, sie friert. Sie schaut in die Fenster, manchmal sieht es gemütlich aus. Sie sitzen am Tisch, vielleicht eine Familie. Ob sie auch so viel streiten? Sie geht weiter, noch weiß sie genau, wo sie ist, vorbei an dem kleinen Einkaufsladen, wo sie sich oft einen Riegel Schokolade holt.

Sie geht ein paar Schritte zur Seite, verschwindet in einer Seitengasse. Eigentlich müsste sie jetzt umkehren, die Mutter wird sie schon suchen. Gleich, denkt sie, gleich. Sie schaut weiter in die hellerleuchteten Fenster. Nein, sie will draußen bleiben, nirgendwo scheint es ihr verlockend. Bestimmt streiten sie dort auch.

Kapitel 9

# Versuchsweise

Gleich ist sie an der Reihe, die Mutter geht mit in den Besprechungsraum, zwei Frauen mit Kitteln begrüßen sie.

Luise schaut sich in dem Zimmer um, auf dem Schreibtisch liegen Stifte und Bauklötze. „Anneliese Esser, nicht wahr?“, wird sie von einer der Frauen begrüßt. „Groß bist du, na kannst du ein Männchen malen?“ So heiße ich doch nicht, denkt sie, ich bin doch Luise, aber sie traut sich nicht, es laut zu sagen.

Ihr ist warm, aber ihre Jacke will sie lieber anbehalten. Die Mutter hat ihr die langen Haare zu einem Pferdeschwanz hochgebunden. Das Gekämmt werden mag sie überhaupt nicht, die Mutter steht so nah bei ihr und sie mag den Geruch nicht, der von ihr ausgeht. Auch das sagt sie nicht, es könnte ihr Ärger einbringen. Sie hält dann die Nase zu und presst sie fest zusammen, so dass es niemand merkt.

Von der Frau ihr gegenüber geht ein süßlicher Geruch aus, ihre Fingernägel sind rot. „Träumst du, Anneliese?“ Wieder dieser grässliche Name, obwohl er heute freundlich klingt.

„Du darfst jetzt anfangen zu malen, hier ist Papier.“ Die roten Nägel leuchten auf dem Weiß. Sie möchte auch einmal so aussehen, sie betrachtet die dunklen Schmutzringe und möchte ihre Hände am liebsten verstecken. „Nun fang bitte an, Anneliese, da sind noch mehr Kinder, die wir heute testen müssen.“

Luises Finger sind feucht geworden und kleben an dem Stift fest. Ein Kopf mit großen Ohren, Augen, Mund, die Nase malt sie zum Schluss, es will ihr nicht gelingen. Sie fragt nach einem Radiergummi, sie solle nicht so viel denken, sie solle sich beeilen, aber so sieht doch keine Nase aus. Sie hat noch nicht so oft Männchen gemalt. Das Papier wird grau und schmierig, sie versucht schneller zu malen, zählt die Finger, vergisst einen, malt den Daumen dazu, der muss doch dicker sein. Sie malt Knöpfe auf den Bauch, so wie die Kohlen bei dem Schneemann im Winter aussehen, fünf schwarze Punkte, als Beine zwei lange Striche und dann wieder die Zehen, wie viele muss sie da malen, sind es genauso viele wie sie Finger hat?

Luise wird unsicher, möchte am liebsten ihre Schuhe ausziehen und nachschauen, aber sie sieht das Gesicht der Frau, das ihr sagt, sie soll fertig werden. Sie legt den Stift zur Seite, er rollt vom Tisch und fällt zu Boden, Luise bückt sich und hebt ihn schnell wieder auf. Das Männchen wird zur Seite gelegt, die Mutter sitzt an der Wand, in der Nähe der Tür.

Luise möchte gerne hinausgehen, aber sie soll jetzt noch zählen. Die Frau hält ihr Bauklötze hin, die andere schreibt etwas auf ihren Block. Ist das etwas über mich? Mache ich etwas falsch? Wieso sind es wieder vier, sie hält inne, zählt noch einmal, nimmt ihre Finger hinzu, sie kann mir doch nicht zweimal das Gleiche zeigen, sie schweigt. „Anneliese, wie viele Steine sind es?“ Von hinten hört sie die Stimme der Mutter „Nu sach et schon, de warten, nee dat Kink?“ Sie hört die Mutter stöhnen, die Tränen kommen. „Frau Schmidt, wir hören hier besser auf, so hat das keinen Zweck. Sie ist wohl noch nicht so weit. Sie bekommen über das Ergebnis des Einschulungstests schriftlich Bescheid.“

Die Mutter verlässt den Raum, nimmt sie mit sich und zieht sie aus dem Raum, dabei schluchzt sie laut. „So ne Schand, mit dem Kink stimmt wat nich, womit han isch dat verdient.“ Luise läuft hinter der Mutter her, es muss etwas ganz Schlimmes passiert sein, sie hat etwas falsch gemacht, mit ihr stimmt etwas nicht.

## Kapitel 10

# Tafel

Die Mutter schürt den Ofen, der Wasserkessel dampft, die Herdplatte glänzt. Sie setzt sich zu Luise, die versucht das „i“ sauber auf die Tafel zu bekommen.

Ihre Hände schwitzen, der Griffel sitzt fest in ihrer Hand. Doch die Buchstaben stehen nicht gerade, jeder schaut in eine andere Richtung.

Die Mutter schimpft und wischt die Tafel wieder sauber. Sie solle von Neuem beginnen. Luise weint und dicke Tropfen fallen auf die Tafel.

„Nu stell dich doch nich so an,“ redet sie auf Luise ein. „Dat muss doch ordentlich sein!“

Das Mädchen beginnt von vorne, doch es will ihr wieder nicht gelingen. Sie lässt den Kopf auf die Tafel fallen, sie ist so schön kühl. Hier wird sie sich ein wenig ausruhen.

„Wat machste denn da, nu mal weiter. Ich han auch noch wat anderet zu tun.“ Die Mutter wird unruhig. Das Mittagessen muss auf den Tisch, Alfred kommt gleich. Der Traktor steht schon auf dem Hof.

„Pack de Tafel wech, dann sach dat dem Lehrer, dat du dat nich kannst!“

Die Mutter stellt die große Schüssel mit den Salzkartoffeln auf den Tisch.

Kapitel 11

# Buchstaben

Luise hält das Buch fest umklammert. Sie ist erst ein paar Wochen in der Schule. Noch kann sie nicht lesen, aber sie trägt es immer bei sich und blättert die Seiten behutsam um.

Ob sie einmal verstehen wird, was da steht? Die Eltern sind stolz auf sie, aus ihr wird bestimmt einmal etwas werden, meinen sie.

Die Buchstaben tanzen vor ihrem Auge, in der Schule lernen sie die ersten Wörter, doch Luise kann sie sich einfach nicht merken.

Das Buch vor ihrem Bauch tut gut, beschützt sie.

Sie solle etwas vorlesen, sie denkt sich etwas aus, die Mutter lächelt. Das passiert sonst nie.

„Du muss jut lernen, Kink. Dat is dat Wichtigste", meint der Vater, der hinter der Mutter steht und sich mitfreut.

Luise möchte das die Eltern sich weiter freuen, schaut ins Buch und erzählt weiter. Zum Glück schauen sie nicht ins Buch und glauben ihren Worten.

Es ist ihr unangenehm und sie hofft, dass die Eltern bald wieder gehen, der Vater ins Feld und die Mutter in die Küche.

Sie schlägt das Buch zu und presst es fest an sich.

Sie kann sich die Buchstaben doch gar nicht merken und in der Schule wird sie ausgelacht.

Das darf niemand wissen. Es ist so schön, wenn sie sich freuen. Hoffentlich dauert es dieses Mal länger, bevor es wieder laut wird.

Kapitel 12

# Marmorkuchen

Luise begleitet die Mutter zum Mütterkreis, Kaffeetrinken bei Tante Marja, Strümpfe stricken für den Weihnachtsbasar. Die Nadeln klappern, der immer gleiche Marmorkuchen thront auf dem Tisch.

Sie lässt ihn meist in ihrer Tasche verschwinden, sie mag nicht ablehnen. So auch heute, „ Na Anneliese, willste` ne Stück?“, dabei landet ein riesiges Teil auf ihren Teller und Apfelsaft in einem großen Glas mit blauem Rand gibt es dazu. Luise trinkt hastig, verschluckt sich.

Eine der Frauen schlägt ihr auf den Rücken, sie prustet den Saft auf das weiße Tischtuch. „Nichts allt Ärger mit dich, dat du imme so tölpelig sein musst“, dabei wischt die Mutter über die Tischdecke. Das Sofa ist weich und durchgesessen.

Luise liebt Kuhlen.

Die Gerüche der Frauen nach Mittagessen und Schweiß breiten sich im Zimmer aus. Trotzdem mag sie das Zusammensitzen mit den Frauen. Es fühlt sich so warm an und es gibt Servietten, die gibt es zu Hause nicht. Aber dann gehen die Stimmen über sie hinweg, dröhnen in ihrem Kopf, sie versucht die Blicke der Erwachsenen zu erhaschen, doch meist vergebens, sie sind mit sich beschäftigt, ihren Männern, dem ständig Kochen müssen. Es werden Rezepte ausgetauscht.

Luise hat ihre Strickliesel mit, die Hände sind feucht, die Wolle klebt. „Anita, wie war de Einschulung von dat Annelies, hat denn allet jeklappt?“, fragt Tante Marja. Die Mutter fängt an zu weinen. „Dat Kind is so komisch, dat guckt immer jradeaus und jrüßt nicht und dat kann noch nich mal fünf Finger an de Hand malen, dat is nur versuchsweise einjeschult .“ Die Mutter kann sich nicht beruhigen.

„Womit han ich dat verdient?“, Luise denkt an ein Mauseloch, in das sie am liebsten verschwinden würde oder daran, sich eine Tarnkappe aufzusetzen wie im Märchen.

Luise sieht die Frau im weißen Kittel wieder vor sich. Die vielen Fragen, die sie beantworten soll. Am Ende der Sätze hat sie schon wieder den Anfang vergessen und sie sieht das Runzeln der Augenbrauen vor sich, ob sie denn gut hören könne. Sie hat genickt aus Angst, dass sie merken könne, dass sie ihre Fragen wieder vergessen hat.

„Anita, du hast et auch nich leicht, auch mit dem Alfred, de is ja ne jute Kerl, aber de Jähzorn, dat haste nich verdient. Dat mit dem Annelies, dat wächst sich noch zurecht, dat kommt sich noch“, meint die Tante.

Und wenn ich nicht zu Recht wachse, wenn die Gläser weiter umkippen und die Worte in meinem Kopf Karussell fahren?

Kapitel 13

# Brillenschlange

Luise hält das das rechte Auge zu. Jetzt kann sie fast nichts sehen, die Buchstaben verschwimmen vor ihrem Auge. Sie muss sie erkennen, sonst bekommt sie eine Brille, das möchte sie nicht, auf keinen Fall.

Bei den ersten Sonnenstrahlen kann sie es kaum erwarten, ihre Sonnenbrille mit dem rosafarbenen Rand hervorzuholen und damit wie auf einem Laufsteg durch die Wiese zustapfen. Das findet sie schön und sie kann sich hinter den dunklen Gläsern verstecken.

Luise schummelt, öffnet die Hand und liest mit dem guten Auge, doch die Augenärztin klebt das Auge ab, wieder wird es so milchig, die Buchstaben tanzen. Eigentlich will sie auch gar nicht alles so genau sehen, aber sie kann nicht alles lesen, was an der Tafel geschrieben steht. Sie muss die Augen ganz fest zusammenpressen.

Sie bekommt eine Brille verschrieben. Wie das Wort schon anfängt, Brrrille.

Die Mutter begleitet sie. Das Geschäft glitzert wie ein gläserner Palast mit vielen Dienern, die schnell hin und her laufen. Die Brillengestelle sind starr und hart und drücken auf der Nase, vielleicht die mit den kleinen Blumen, die sieht freundlich aus. Sie erinnert an die Sonnenbrille.

Nächste Woche können sie die Brille abholen, sie solle sie aufsetzen. Luise erschrickt, das ist doch nicht sie. In ihrer Haut befinden sich kleine Krater mit Härchen, die wie kleine Baumstämme aussehen. Sie ist sich selbst fremd, die Tränen laufen über ihr Gesicht und graben Spuren.

Das Gestell verschwindet im Etui und sie verlässt das Geschäft erleichtert, endlich ist es wieder milchig und verschwommen und sie kann sich in den Tag träumen.

Hanne stürmt auf sie zu, die Schwester möchte die neue Brille sehen. Vorschichtig holt Luise sie aus der Schachtel und setzt sie auf. „Brillenschlange, Brillenschlange," prustet Hanne los.

Die Mutter wird ärgerlich und verbietet der Schwester, dieses Wort nochmals zu benützen.

„Aber sie hat doch recht, ich sehe furchtbar damit aus. Das bin doch nicht ich".

Luise beschließt, die Brille in der Schachtel zu lassen, da ist sie gut versteckt und sicher aufgehoben.

Kapitel 14

# Liebchen

Endlich hat sie ihre Hausaufgaben fertig, die Tafel ist vollgeschrieben. Es ist später Nachmittag, die Eltern sind im Feld, niemand beachtet sie.

Luise nimmt ihr Fahrrad und radelt schnell zum Tor hinaus. Sie weiß jetzt, dass die Welt hier nicht zu Ende ist. Die Sonne scheint warm und saftige Löwenzahnwiesen locken sie schneller zu fahren. Doch beim Hügel zum Nachbardorf steigt sie ab, das Treten ist ihr zu mühsam geworden.

Sie wird die Oma mit ihrem Besuch überraschen. Die alte Frau wird sich freuen. Liebchen, wird sie Luise rufen, Liebchen. Sie meint die gurrende Stimme der Großmutter zu hören, die voller Lieder und Lachen ist. Wie anders die Stimme der Mutter ist, dunkel und barsch, oft unwirsch, klagend. Die Kinder, der Vater, die Arbeit, es ist ihr zu viel.

Sie schreit.

Luise wird ein paar Butterblumen pflücken, die mag die Oma besonders. Sie legt ihr Fahrrad an den Wegrand und klettert in den Graben, wo die größten sind. Ihre Schuhe werden feucht und schmutzig, ihre Hand füllt sich.

Die Mutter hat kein gutes Wort für die alte Frau übrig, sie sei eine Lebenslustige, sie habe einen Liebhaber gehabt. Das klingt nach Tanzen, findet Luise, nach einem Geheimnis, es schmeckt süß.

Die Mutter kreischt bei jeder Umarmung des Vaters, fast wie das Schwein, das im Winter geschlachtet wird. Sie wird ganz viel küssen, wenn sie groß ist, das hat sie sich ganz fest vorgenommen.

Die Oma ist so dick, dass sie sich nur noch auf zwei Stöcken abgestützt fortbewegen kann und dabei wie ein Walross schnauft. Luise kann ihren Blick manchmal nicht von ihr wenden und betrachtet sie fasziniert. Sie solle Menschen nicht so anstarren, aber sie heftet sich mit ihren Augen an Menschen fest und dann fangen Geschichten an, ihr eigenes Leben zu führen.

Jetzt hält Luise einen riesigen Blumenstrauß in ihren Händen. Sie klettert aus dem Graben, vorsichtig klemmt sie die Blumen auf dem Gepäckträger fest. Sie steigt wieder auf, den Rest des Weges wird sie fahren. Die Vorfreude macht das Treten leicht.

Die Haustüre wird offenstehen, die Oma wird auf dem Sofa sitzen. Liebchen wird sie rufen, Liebchen.

Kapitel 15

## Rolltreppe

Der Bus hält genau vor dem großen Kaufhaus mit den vielen Etagen und der Rolltreppe.

Die Oma stützt sich auf ihren Stock ab und betritt das Gebäude, aus dem Luise mit warmer Luft begrüßt wird. Sie schwitzt in ihrer Winterjacke und folgt der Oma, die zu den großen Stoffballen geht.

Luise fährt mit ihrer Hand darüber und hält inne, als sie ermahnt wird, damit aufzuhören. Aber heimlich gleiten ihre Finger weiter über die weichen, bunten Stoffe.

Sie soll einen neuen Schlafanzug genäht bekommen, aus Flanell. Sie darf sich etwas aussuchen, der Bärenstoff soll es sein. Luise freut sich und folgt der Oma zur Rolltreppe, die in den ersten Stock führt.

Sie traut sich nicht ihren Fuß auf die Stufen zu stellen, die so plötzlich verschwinden. Was, wenn sie auch in diese Fugen gerät?

„Nu komm schon, Kink, dat is nich jefährlisch." Aber Luise fängt an zu weinen und bleibt unten stehen. Die Oma winkt von oben. Die Tränen werden immer mehr, sie kann nicht mehr aufhören. Sie weiß nicht weiter.

Neben ihr steht ein großer Junge und reicht ihr die Hand, doch sie versteckt ihre Hände hinter dem Rücken. Es haben sich viele Menschen um sie versammelt und wollen ihr helfen. Sie reden durcheinander, eine Frau will sie auf den Arm nehmen. Da endlich taucht die Oma wieder auf.

„Dat is wat mit disch, nu jehen wir zu de Aufzug, dat is woll besser". Sie gehe wieder an den schönen Stoffballen vorbei und bleiben vor dem Aufzug stehen.

„Nu hinein mit disch, dat jivt doch nich". Wieder stehen viele Menschen eng beieiander, jeder riecht anders, Luise wird übel, es ist so warm. Sie bekommt keine Luft. Zum Glück dauert es nicht lange und sie folgt der Oma zu den Tellern und Tassen. Sie darf sich etwas aussuchen. „Rosa, Oma, rosa muss der Teller für meine Milchsuppen sein“.

Sie bekommt ihn, er kommt in eine bunte Tasche und verschwindet in Omas Einkaufsbeutel.

Vielleicht kann sie noch heute Abend damit essen, aber sie müssen erst wieder zum Aufzug. Luise hält sich die Nase zu und schließt die Augen. Die Oma zieht sie hinter sich her bis zum Ausgang. Die frische Luft tut so gut.

Kapitel 16

## Süße Suppe

Der Busen ragt wie ein Gebirge über den Bauch der Oma, zwischen den Brüsten hat sie ein weißes Spitzentaschentuch mit Kölnisch Wasser gesteckt. Der Geruch umfängt das Mädchen, das seinen Kopf so gerne auf die wogenden Berge legt.

Die Oma steht vor dem Herd, presst die Zunge zwischen ihre Zähne, schüttet das Mehl in den Teller, schlägt zwei Eier auf und knetet die Masse zu kleinen Klumpen. Die Milch im Topf kocht, sie gibt die Brocken mit viel Zucker dazu. Das Mädchen sitzt am Küchentisch, vor ihrem alten rosafarbenen Kinderteller und wartet.

Jeden Abend gibt es eine süße Suppe vor dem Schlafengehen, mal mit Brotstückchen, Haferflocken, Reis oder Gries. Endlich füllt sich ihr Teller, die Suppe dampft, die Oma setzt sich dazu und schaut sie mit einem warmen Lächeln an. „Schmeckt et dir, Schätzchen?" Immer wieder denkt sie sich neue Worte für Luise aus, ihre Stimme singt dabei, ein wohliger Schauer läuft über ihren Rücken.

Langsam löffelt sie die süße Michsuppe und fürchtet sich schon ein wenig vor dem Moment, wo der Teller leer ist. Sie denkt an das Märchen vom süßen Brei und stellt sich vor, der ganze Raum würde sich damit füllen und sie könnte immer weiter essen. „Ab in et Bett mit dir!" Das Mädchen zieht den weichen Flanellschlafanzug an. Das dicke schwere Federbett legt sich schützend auf sie. Die Oma spricht das Abendgebet.

„Vater, lass die Augen dein über meinem Bette sein…"

Sie möchte nicht die ganze Nacht angeschaut werden, der Vater zu Hause schaut sie auch immer so lange an. Jetzt wird das Fernsehgerät eingeschaltet, die Erkennungsmelodie der Tagesschau erklingt.

Luise spielt mit ihren Händen und lässt die Schattenbilder an der Tapete entlanglaufen.

Die Stimme des Nachrichtensprechers ist ernst. Er redet von einem Überfall, von Toten. Eine dunkle Welle breitet sich vom Wohnzimmer aus und erreicht Luise, die das Federbett über ihren Kopf zieht. Das Mädchen fühlt sich beklommen. Sie legt die Hände zwischen ihre Beine und hält still, ihr Atem wird ruhig. „Oma, wann kommst du? Erzählst du wieder von früher?“ Die Frau hievt sich aus ihrem Ohrensessel und setzt sich zu Luise, die ihre Füße zwischen die dicken Oberschenkel der Oma steckt, die wieder beginnt von dem großen Krieg zu erzählen, von Onkel Hans, der ein Bein verloren hat, den vielen Menschen, die fliehen mussten, die ihre Heimat verloren haben.

Luise drückt sich eng an die Oma. Sie stellt sich vor, es gäbe das Haus der Oma nicht mehr mit dem großen Baum, dem sie alles erzählen kann. Ihr ist kalt. Sie denkt an die Menschen, die kein Zuhause haben, abends keine warme süße Milchsuppe löffeln und sich in keinem dicken Federbett verstecken können.

„Oma, morgen ist doch alles wie immer, wie immer…?“

Kapitel 17

## Bäume voller Kirschen.

Sie stehen in Reih und Glied, im Paradies, prächtig alte Bäume voller Kirschen im Sommer. Luise liebt diese lange, schmale Wiese. Sie schafft es ganz alleine am Stamm hochzuklettern, sich von Ast zu Ast bis in die Spitze zu bringen.

Hier hat sie eine gute Aussicht auf das Haus, den Hof und den Taubenschlag, auf dem der Vater viel Zeit verbringt.

Niemand vermutet sie dort, sie ist sicher vor den Blicken des Vaters, seinen merkwürdigen Bemerkungen über ihren Körper. Sie braucht nicht ihre Beine zu zeigen und Daumenlutschen kann sie solange sie will.

Luise isst so viele Kirschen bis ihr Bauch weh tut. Sie kann einfach nicht aufhören zu essen.

Die Steine sammelt sie in ihrer Rocktasche und stellt sich vor es wären Wurfgeschosse und käme ihr der Vater zu nahe, würde sie damit schießen.

Sie verbringt viele Stunden im Baum und will gar nicht mehr zurück ins Haus. Sie hört wie nach ihr gerufen wird.

„Annelies, wat machste schon wieder, wo steckste?" Luise verhält sich ganz ruhig, die Stimme wird lauter.

Sie soll der Mutter beim Tisch decken helfen. Die Sonne hängt wie ein rotgoldener Ball in den Ästen, bald wird sie untergehen.

Die Beine tun ihr weh, übernachten kann sie hier nicht. Es wird kühl. Sie macht sich an den Abstieg.

Jetzt droht ihr der Holzlöffel, da ist sie ganz sicher. Aber es war so schön im Baum. Morgen wird sie wiederkommen, verspricht sie ihm.

Kapitel 18

# Vergissmeinnicht

Annegret muss gleich kommen, nach dem Mittagessen und den Hausaufgaben, hat sie gesagt. Wo bleibt sie bloß?

Luise steht am Fenster und schaut auf den Feldweg, der zum Haus führt. Wenn sie nicht kommt, wenn sie mich vergessen hat. Sie wird unruhig, das Warten wird ihr zu langweilig. Sie nimmt ihre Puppe und verlässt das Haus. Sie wird ihrer Freundin entgegengehen, jedenfalls bis zum Tor.

Die Freundin bringt auch ihre Puppe mit, hat sie versprochen. Sie wollen sich im Stroh ein Haus bauen, die großen Ballen stapeln und Mutter und Kind spielen.

Der Vater läuft über den Hof und will zu seinen Tauben. Er beobachtet sie, sie spürt seine Blicke in ihrem Rücken. „Wat haste vor, Anneliese, nu renn doch nich so durch die Jejend."

„Annegret kommt mich besuchen, ich lauf ihr entgegen."

„Dat jehört sich nich, haste denn jar keine Stolz, dat dich nich schämst. Freunde bruch man nich, de nützen einem nur aus."

Luise geht weiter Richtung Tor, sie muss doch gleichkommen. Die Freundin ist so lustig und kennt viele Lieder. Da kann sie mitsingen, richtig laut, alleine traut sie sich nicht. Sie dreht sich noch einmal um und holt den Puppenwagen, da kann Annegret ihre Puppe gleich dazu legen.

Der Vater schüttelt den Kopf und tippt sich mit dem Finger an die Stirn.

„Grete, Grete", Luise beginnt zu rennen, breitet die Arme aus und läuft auf die Freundin zu.

„Freunde brucht man nich, de nützen einem nich", hört sie den Vater von weitem rufen.

Sie umarmt die Freundin und schlingt ihre Arme fest um sie.

Kapitel 19

# Wäldchen

Bei der Fahrt wir ihr immer schlecht, der Vater sitzt mit der dicken Zigarre vorne, neben der Mutter. Er hat keinen Führerschein, aber es ist sein Auto, immer das neueste. „Wie du das immer schaffst, Alfred," meinen die Dorfbewohner, „immer das größte!"

Am Wochenende geht es zum Opa, jeden Sonntag, vorbei an den Zigeunern, die den Daumen abschneiden sollen, wenn man ihn lutscht.

Luise hat Angst und versteckt ihn unter ihrem Rock. Es ist gutgegangen. Hanne fängt an zu würgen, der Schwester wird immer schlecht beim Autofahren.

Der Opa wartet schon. Nachdem die Oma gestorben ist, hat er eine Haushälterin. Sie hat schon die Kaffeetafel gedeckt, mit frischem Apfelsaft für die Kinder.

Nach dem Kaffeetrinken gehen sie alle spazieren, die große Baustelle anschauen. Der Opa hat das Wäldchen beim Hof verkauft, da soll jetzt eine Autobahn gebaut werden. Er habe viel Geld dafür bekommen. Sie wird mal ganz nah am Haus vorbeiführen und schnell geht es dann, so schnell, vierspurig. Der Opa redet laut und schnell, er freut sich auf die neue Straße. Das ist wie damals, 1933, da wurde auch viel gebaut. Sie stapfen durch den Sand. Hier wird sie demnächst sein.

Luise versteht nicht so ganz, weshalb der Opa sich so freut. Dann kann sie sich doch gar nicht mehr verstecken und dort mit Hanne spielen. Der Sandweg ist breit wie ein Feld, ein riesiger Sandkasten, da kann man sicher gut Burgen bauen.

Da wird dann die Abfahrt sein, dann seid ihr viel schneller, donnern und brausen wird es hier, es wird viele Autos geben, das ist Fortschritt. „Dat muss doch!"

Luise hört genau zu, es muss etwas ganz Wichtiges sein.

Kapitel 20

# Hasenherz

Kalt ist es, sie stapfen durch den Schnee. Der Opa hat sein Gewehr geschultert, falls es auf dem Weg etwas zu erledigen gäbe, ein krankes Tier. Die Kinder folgen ihm, Luise hat Angst vor dem Schießen. Er hat ihr das Gewehr schon einmal in die Hand gedrückt und sie hat ihm zugeschaut, wer er abgedrückt hat. Das laute Geräusch hat ihr Angst gemacht.

Der Boden ist hart gefroren und die Kälte dringt durch die Stiefel zu ihren Füßen. Sie bewegt die Zehen hin und her und versucht sich zu wärmen, die Hände sind steifgefroren. Der Opa zeigt auf Spuren im Schnee und weiß immer, von welchem Tier sie sind.

Der Opa schaut aber meist grimmig und auch traurig, als sei ihm etwas Schlimmes passiert. Luise weiß nicht, was es ist, niemand redet darüber. Das ist so.

Sie versucht etwas Lustiges zu erzählen, aber er lacht nicht. Das Leben sei nichts wert, meint er. So richtig versteht sie nicht, was er damit meint.

Der Weg kommt ihr so lang vor. Sie sehnt sich nach einem warmen Kakao und möchte nach Hause.

Da sieht sie neben sich ein Tier, einen Hasen. Er ist starr und gefroren. „De is dot“, meint der Opa.

Luise hebt den Hasen hoch und presst ihn an sich. „Lass dat Deer los, Kink. Dat Lewe is so“.

Sie hält das Tier umso fester und lässt es auf dem ganzen Rückweg nicht mehr los. Sie merkt die Kälte fast nicht mehr.

Sie bleibt bei dem Hasen und lässt ihn nicht mehr aus den Augen. Die Eltern fordern sie auf, das Tier fallenzulassen, doch umso mehr schließen sich ihre Finger um seinen Körper.Sie wird ihn nach Hause bringen zu ihrem Nussbaum, wo auch die anderen begraben sind. Sie muss ein neues Kreuz aufstellen und etwas für ihn singen.

Kapitel 21

# Weihnachtsgefühl

Neben dem Glühweinstand steht er, der Mann mit seinem Bauchladen und den Tüten mit dem Weihnachtsgefühl. Sie sind ganz leicht, fast schwerelos. Es hat sich schon eine große Schlange gebildet. „Das Weihnachtsgefühl riecht besser als gebrannte Mandeln“, meint ein älterer Mann zu Luise, die ihre Mütze tief ins Gesicht gezogen hat.

„Ich habe schon lange kein Weihnachtsgefühl mehr gehabt. Es ist schon Jahre her, da saß ich alleine in meinem Wohnzimmer. Es wurde dunkel. Ich habe einfach aus dem Fenster geschaut, da war kein Geschenk und gar nichts, da wurde mir ganz warm und ich dachte, da wäre jemand, der mich in den Arm nimmt. Ich habe einen Becher Tee getrunken und ein paar alte Kekse dazu gegessen. Ich wollte nirgendwo anders sein, es war, als säße ich an einem warmen Feuer.“ Ein Lächeln ging über sein Gesicht.

„Warum stehst du denn an, Kinder freuen sich doch immer auf die Geschenke?“ Aber Luise verzieht das Gesicht und erzählt von ihrem letzten Weihnachtsfest, dass der Vater das Spielzeug an die Wand geworfen hätte.

„Ich muss unbedingt so eine Tüte haben, die lege ich dann unter den Tannenbaum.“ „Bei uns gibt es auch immer Streit, schon beim Essen, jeder will etwas Anderes haben“, ruft es von weiter vorne. „Ich hatte noch nie ein Weihnachtsgefühl, vielleicht war da schon mal so etwas, als es zu schneien anfing, so dicke Flocken schwebten vom Himmel. Ich musste mich ans Fenster stellen und wollte am liebsten tanzen.“

„Aber dieses Jahr ist kein Schnee angesagt, habe ich im Internet gesehen, da brauch ich gar nicht drauf zu warten.“

In der Warteschlange wird es unruhig, es wird viel geredet und geklagt. „Umsonst stehe ich hier wohl nicht an, Weihnachten gehört abgeschafft, wer mit wem feiert, dieser ganze Blödsinn, immer ist einer beleidigt.“ Ein paar Meter entfernt fährt das Kinderkarussell, es erklingt „Jingle Bells“ aus den Lautsprecherboxen. „Bei diesem Lärm vergeht mir jedes Gefühl,“ ruft es vom Anfang der Schlange, „diese englischen Lieder, furchtbar.“ Der Mann mit dem Bauchladen lächelt ruhig vor sich hin und hält seine Tüten in die Luft. „Ein bisschen Weihnachtsgefühl zu verschenken“, ruft er in die Menge.

Passanten bleiben stehen und beobachten das Geschehen.

„Auch noch umsonst, der will uns den Arm nehmen. Da ist gar nichts drin, heiße Luft“. „Aber teure Geschenke bringen auch nichts. Damit bin ich schon oft auf die Nase gefallen. Habe ich der Teuersten doch ein Goldkettchen gekauft, hat sie mich doch hintergangen.“ Es ist kalt und ungemütlich geworden, der Wind pfeift um den großen Tannenbaum, der am Rand des Weihnachtmarktes steht.

Der ältere Mann löst sich aus der Schlange, geht zum Glühweinstand und holt zwei Becher Kakao, für sich und Luise „Hier für dich, es ist doch so kalt,“ und hält dem Mädchen das warme Getränk hin. Er kramt in seiner Jackentasche nach Keksen und legt sie ihr in die Hand. „Ob das aus der Tüte kommt, meine Hände beginnen zu kribbeln“.

Bald sind sie an der Reihe. Sie nehmen ihr Geschenk und tragen es behutsam über den Marktplatz. „Ich muss jetzt links abbiegen, ich denk an dich und hoffe, die Tüte bringt dir Glück“, meint der Mann und winkt ihr zu.

Luise fällt das Gehen leicht, es ist nicht mehr weit. Aber kurz vor dem Haus hält sie inne, sie spürt diese Schwere wieder an sich hochkriechen. Sie hält die Tüte ganz fest. Dieses Jahr muss es doch klappen mit dem Weihnachtsgefühl. Sie wird sie unter den Tannenbaum legen.

Kapitel 22

# Frau Nix

„Die jehört hier nich hin, hat jach kein eigenet Haus, wohnt zur Miete. Die hat nichts an de Fööt," der Vater redet sich mal wieder in Fahrt. „Aber de sieht jut aus, da haste wat zum Anfassen, net so dünn, net zu dick, jrad richtisch."

Ein breites Lächeln geht über sein Gesicht. Der Gedanke an Frau Nix hebt seine Stimmung. Er pfeift vergnügt vor sich hin.

„Mit der war isch schon mal in de Scheun, die hat wat drauf."

Die Mutter fängt an zu schimpfen, er solle mit dem Gerede aufhören. Es ist ihr sichtlich unangenehm. Von Frau Nix ist des Öfteren die Rede, sie macht sauber auf dem Hof, wo auch der Vater arbeitet.

Da gibt es noch die Mägdekammer von früher, Luise darf manchmal mit auf den großen Hof. Aber jetzt gibt es dort keine Mägde und Knechte mehr. Der Vater ist stark, er kann schwere Säcke schleppen. Er sei der Stärkste, die anderen wollen sich die feinen Hände nicht schmutzig machen, meint er.

Luise kennt Frau Nix, sie riecht so gut und sie ist schön angezogen, sie trägt helle Kleider. Das mag Luise, das gefällt ihr besser als die Kittelschürzen. Der Mutter geht sie gerne aus dem Weg, sie riecht nach Schweiß.

Irgendwie kann sie den Vater verstehen, aber hat er wirklich was mit Frau Nix? Sie traut sich nicht zu fragen. Er habe schon viele gehabt, ihm hätte noch keine einen Korb gegeben.

Aber was ist mit der Mutter, sie wehrt ihn ab, nimmt ihn nicht für voll. „Nu hör mit dem Kall auf, dat is doch Blödsinn." Sie wird unwirsch und schlägt mit ihrem Arm nach ihm.

Der Vater beginnt zu singen: „Rote Lippen soll man küssen, denn zum Küssen sind sie da."

Sie hat die Eltern noch nie küssen gesehen. Sie kann sich das überhaupt nicht vorstellen.

Ob er Frau Nix küsst?

Kapitel 23

## Milch holen

Die verbeulte Aluminiumkanne steht auf dem Küchentisch, daneben liegt eine Mark für die zwei Liter, es ist Luises Aufgabe, die tägliche Milch zu holen, für die süßen Milchsuppen, die es jeden Abend gibt.

Luise holt das rote Fahrrad aus dem Schuppen und hält die Kanne mit dem Lenkrad fest. Sie fährt vorbei an den Blumenkohlfeldern, zum Tor hinaus, vorbei an der Hecke mit den zarten Buschwindröschen, die Plantage mit den vielen Obstbäumen, dem Paradies.

Das Dorf rückt immer näher, der Kirchturm winkt schon von weitem. Sie sehnt sich nach Zusammensitzen und Reden, nach Ordnung. Sie beneidet die Leute aus dem Dorf, die Bäume allein sind ihr nicht genug. das Ortsschild ist erreicht, wie schnell sie heute gefahren ist; sie mag, wenn der Fahrtwind ihr Gesicht berührt.

Mehr, mehr, es ist so schön. Ein Kribbeln läuft durch ihren Körper, sie fährt noch schneller, fühlt die Kraft in ihren Beinen. An der Kirche vorbei und noch den kleinen Berg hinunter, dann ist sie bei Janssens, die viele Milchkühe haben.

Sie hört die Kühe schon von weitem, aber sie stinken nicht so wie die Schweine im Paradies, die weitgeöffneten Augen haben etwas Sanftes und sie lässt sich gerne von den dicken Zungen ablecken, die sich ihr entgegenstrecken. Manchmal legt sie ihren Kopf auf einen der dicken Bäuche. Die Tiere halten still und lassen sie gewähren. Die Milch wird in einem großen Kühlbottich gesammelt, aber am Anfang ist sie noch warm, wenn sie frisch aus dem Euter kommt.

Sie darf die Milch selber einfüllen und legt das Geld auf den Schemel. Wenn sie die Kanne ganz schnell dreht, fällt der Deckel nicht ab. Das muss sie immer wieder probieren.

Sie macht sich auf den Rückweg und fährt vorsichtig, damit nichts überschwappt. Das Abendlicht scheint über die Felder, Luise jauchzt vor Freude. Sie möchte jemandem davon erzählen, weiß nicht, wohin mit sich.

In der Küche stellt sie die Kanne in den Kühlschrank. Am nächsten Morgen wird sie ihren Finger in die Milch stecken und den Rahm ablecken, der schmeckt so gut.

Kapitel 24

# Ferkel

Der Geruch von Schwein umgibt den kleinen Hof, der Stall liegt ganz in der Nähe des Wohnhauses, das Schlafzimmer der Mädchen ist gegenüber. Von dort hören sie das Grunzen besonders laut, können die Eltern beim Ausmisten beobachten, wie sie die schweren Schubkarren zum Misthaufen hinter der Scheune fahren.

Hanne hilft den Eltern oft, Luise versteckt sich wie immer hinter ihren Büchern und schiebt ihre Hausaufgaben vor. Den Nachmittag verbringt sie am liebsten am Schreibtisch mit dem Kofferradio und hört Musik. Dann holt sie die heimlich versteckte Schokolade hervor und nascht sich durch die Zeit. Oft steht sie am Fenster und schaut den anderen bei der Arbeit zu. Sie ist jetzt auf der höheren Schule, sie muss lernen.

Später Nachmittag, bald werden die Schweine gefüttert, manchmal geht sie dann in den Stall und beobachtet die Tiere, wie sie sich aufbäumen und sich mit den Vorderbeinen an den Eisenstangen aufstützen, nichts als ein lautes furchterregendes Grunzen, bei dem es um Leben und Tod zu gehen scheint. Sie wollen ihr Futter.

Es ist kaum möglich, Wasser und Mehl in die Tröge zu schütten. Luise hat sich auch schon einmal getraut, beim Füttern zu helfen, doch meist ist sie schnell wieder im Haus verschwunden, es ist ihr zu laut. Wenn die Eltern aus dem Stall kommen, riechen sie nach Schwein, ein Geruch, den sie eng mit ihnen verbindet, eine Mischung aus Schwein und Körpergeruch.

Obwohl es etwas in der Nase beißt, sucht sie den Geruch. Das Schlachten der Tiere, die viele Wurst, die gegessen werden muss.

Besonders hart findet sie die Zeit, wenn der Eber geholt und auf die Sau losgelassen wird, sie soll gedeckt werden.

Der Vater hält das Schwein fest, bis es passiert ist, der Eber sich von hinten über die Sau stellt und dort verharrt. Dem Tier scheint es nicht zu gefallen, da sie immer zur Seite ausweichen will, doch der Vater hält sie fest, manchmal wird das Schwein sogar mit einem dicken Seil festgebunden.

Ist es das, was der Vater auch mit der Mutter macht? Sie mag es wohl auch überhaupt nicht, aber darüber wird nicht geredet, obwohl Luise es gerne wissen möchte.

Die Ferkel sind rosig, wenn sie auf die Welt kommen und wenn sie bei der Mutter liegen und saugen, dann muss Luise immer wieder in den Stall und zuschauen. Es wird ein Rotlicht angebracht, unter der Lampe liegen die Neugeborenen und wärmen sich unter der Lampe. Sie sehen noch rosiger aus, rosarot. Manchmal nimmt sie ein Ferkel und drückt es an sich, es quiekt nur ganz leise. Es ist so schön, es festzuhalten, die zarte Haut zu fühlen.

Luise fühlt sich jetzt warm und sicher.

Kapitel 25

# Spritzgebäck

Die Sonne geht rotgolden auf. „Dat Christkingk hilft mich beim Backen“, meint die Mutter. „De Ofen is an.“ Luise stellt sich die Engel beim Teig ausrollen vor, ob sie auch naschen, bis sie Bauchweh bekommen. Essen Engel überhaupt?

Vielleicht tut ihnen ja nie etwas weh. Der Himmel leuchtet, fast wird ihr warm. Es ist gut, dass die Mutter Hilfe bekommt, wie oft jammert sie, dass sie es nicht mehr schafft, die Arbeit mit ihr und der Schwester, das mit dem Kerl, wie sie den Vater nennt. „Ich bin ehn arm Deehr,“ dabei weint sie. Warum meint sie, dass sie ein armes Tier ist? Luise spürt das Dunkle, dass sie umgibt.

Aber das Christkind backt heute mit den Engeln und es ist hell. Die Mutter dreht den Fleischwolf, der Teig spritzt, mit dem Messer schneidet sie fingerlange Stücke ab und legt sie zu Kringeln auf das Backblech. Die Dosen mit dem fertigen Spritzgebäck stapeln sich.

Das ganze Haus duftet. Heute ist Weihnachten, Luise freut sich. Vor der Bescherung wird das Fenster geöffnet, damit das Christkind ins Zimmer fliegen kann. Ob sie dieses Jahr eine Feder aus seinen Flügeln von ihm findet? Sie meint es zu spüren, wenn es da war, das Zimmer fühlt sich dann anders an, leichter, der borstige Teppich wird weicher.

„Waht soll ich bloß mit de janze Plätzchen, da werd isch ja noch dicker.“ Aber es riecht doch so gut, sie sind so lecker. Luise möchte der Mutter helfen und weiß nicht wie.

Der Karton mit dem Weihnachtsschmuck steht schon bereit. Der Baum steht im guten Zimmer, dass nur zu besonderen Anlässen benutzt wird. An den Wänden hängen selbstgestickte Bilder der Mutter, die Schrankwand ist neu. Luise kauert sich auf den Boden, der Teppich mit seinen rauen Borsten piekt an ihren Beinen. Sie nimmt eine Kugel und betrachtet ihr Gesicht, schneidet Grimassen, sie muss lachen. Sie nimmt jede der Kugeln sorgsam aus dem Karton und sucht einen Platz, an dem sie hängen soll.

Schön soll er werden, strahlen. Sie nimmt das Engelhaar und verteilt es auf den Zweigen. Das Tannengrün riecht so gut, sie hält ihre Nase in den Baum. Sie freut sich auf den Abend, auf das Christkind, aber etwas Dunkles steigt in ihr auf.

Die Geschenke mag sie nicht so gern, weil sie sich doch immer freuen soll. Die Mutter schaut ihr beim Auspacken zu und Luise kann sich einfach nicht sofort freuen und dann ist es zu spät, die Mutter sagt, sie sei undankbar und das gehört sich nicht. Die Eltern helfen dem Christkind, aber die Dinge, die sie bekommt, sind so ganz anders ihre Wünsche. Sie kann sich gar nicht vorstellen, dass das Christkind sie so wenig kennt und nicht weiß, was ihr wirklich gefällt.

Am schönsten findet sie sowieso, dass der Teppich weicher wird und das Zimmer irgendwie anders ist. Am Heiligabend gibt es wie immer Kartoffelsalat mit Würstchen, dann kommt die Bescherung, gesungen wird nicht. Das findet Luise schade, aber alleine traut sie sich nicht. Aber sie könnte ein Gedicht aufsagen.

Dieses Jahr steht die Tüte mit dem Weihnachtsgefühl unter dem Tannenbaum. Ob es hilft?

„Et is soweit, jetzt könnt ihr de Jeschenke auspacken." Luise mag nicht ins gute Zimmer gehen, obwohl sie so gerne eine Feder finden möchte. Sie hat plötzlich Angst und weiß gar nicht genau wovor. Vor den Geschenken, die ein Bauchwehgefühl machen, vor dem, dass sich etwas nicht erfüllt, was sie sich doch so gewünscht hat, dass die Sachen sich kalt anfühlen. Sie weiß es auch nicht, heute Morgen hat sie sich doch noch so gefreut, sie fängt an zu weinen. Das passiert ihr manchmal, die Tränen steigen von tief unten aus dem Bauch hoch, lassen sich nicht runterschlucken und sie kann dann nicht aufhören. „Dat jibt et doch nich, da fängt dat an zu heulen." Der

Vater schaltet sich ein. „Jleich haste ne Grund, dann kriegst eine an de Kopp“, dabei hebt er die Hand. „Dat Mädchen versteh isch nich, dat is aus de Art jeschlagen“, jammert die Mutter.

Luise läuft die Treppen hoch und flüchtet in ihr Bett und zieht sich die Decke über ihren Kopf. Morgen wird sie nach der Feder suchen.

## Kapitel 26

# Schneeweißchen und Rosenrot

Sie, die das Märchen liest, ist Rosenrot. So träumt Luise sich in ihre Welt, mit dem Bären, der sie rettet in eine andere Welt, wo sie Gemahlin in einem Königreich wird. Hanne, die Schwester ist Schneeweißchen, mit ihrer Sanftmut und dem Vorsatz, der Mutter stets zu helfen und ihr zu gefallen zu sein.

Luise versenkt sich noch tiefer in die Welt des Märchens, das dicke Buch liegt auf ihren Knien, immer wieder steckt sie sich ein Stück Schokolade in den Mund und verschwindet mehr und mehr in der Geschichte. Hanne ist bei der Mutter und bietet ihre Hilfe an, wie immer. Es macht sie wütend, vermisst sie die Schwester doch oft als Spielgefährtin.

Das Wetter ist trübe und Luise meint das Feuer prasseln zu hören, wo der Bär sich von den Mädchen das Fell kämmen lässt. Rosenrot ist lebhafter und ausgelassener als Schneeweißchen, die sich gerne hinter ihrer Schwester versteckt. Doch sind die Mädchen freundlich und teilen ihr Brot miteinander.

Luise jedoch ist neidisch auf die Schwester, die ihr stets als Vorbild gepriesen wird, mit ihrer hilfsbereiten Art.

Na und, na und, schreit es in ihr, ich werde nicht eure Dienerin sein. Dieser Kampf nach dem Eigenen, dem eigenen Raum, der eigenen Musik, begleitet sie schon früh. Doch findet sie kein Gehör, ihre Bitten werden niedergeschrien und es wird mit dem Holzlöffel gedroht, wenn sie nicht sofort still sei.

Sich wieder ein Stück Schokolade in den Mund schieben und weiter träumen. Der Bär grunzt vor Vergnügen und lässt die Mädchen gewähren. Die Mutter ermahnt sie, dem Tier nicht zu nahe zu kommen, denn man wisse nie. Rosenrot jedoch kennt keine Angst und ermuntert die Schwester weiterzumachen.

Der Bär kommt jeden Abend und legt sich ans Feuer. Rosenrot legt ihren Kopf auf sein Fell. Behaglich ist ihr zumute. Am nächsten Morgen, wenn der Bär das Haus verlässt, würde sie ihm am liebsten folgen, um der häuslichen Enge zu entfliehen. Der Wald scheint ihr um vieles interessanter. Schneeweißchen schrubbt die Töpfe für das Mittagessen.

Sie hört Hanne aus der Küche rufen, sie solle doch helfen kommen, doch Luise will sich nicht von ihrem Buch trennen, wo die Aussicht lockt, dem Bären zu folgen.

Kapitel 27

# Puppen

Noch eine Puppe, bald hat sie Geburtstag, Luise freut sich. Nachmittags wenn sie aus der Schule kommt, rennt sie als erstes zu ihrer großen Familie, die aus neun Puppen besteht.

Sorgfältig hat sie Namen für sie ausgewählt und einen Platz zum Spielen im Elternhaus gesucht, wo sie in Ruhe mit ihnensprechen kann. Sie können so gut zuhören. Besonders Else schaut sie verständnisvoll und klug an und tröstet sie, wenn sie das Gefühl hat, dass niemand für sie da ist. Sie weiß von den Blicken des Vaters.

Das ewige Klagen der Mutter: „Dat Kink is nich jans richtisch im Kopp,“ lässt sie hinter sich und verschwindet in ihrer Welt. Sie umsorgt ihre Familie, kleidet sie schön, gibt ihnen zu essen und schickt sie zur Schule. Abends kommen sie alle mit in ihr Bett, keines wird ausgeschlossen, so dass kaum Platz für Luise bleibt. Mit all ihren Puppen fühlt sie sich sicher und warm und nicht allein.

Jetzt soll noch eine dazu kommen. In ihrer Klasse spielt niemand mehr mit Puppen und Luise verschweigt ihre heimliche Familie.

„Dat jeht doch nich so wieder, dat kriecht keen Pupp mehr, dat mut doch mal jrot werden,“ lamentieren die Eltern, der Vater versucht es mit Gewalt. „Damit hörste nu auf, sonst kriegste wat an de Hals.“

Doch Luise beharrt auf ihrer Welt und verteidigt sie. „Ich werde immer mit Puppen spielen, egal was ihr macht. Schlagt mich doch.“

Luise bleibt ihrer Familie treu und bekommt ihre neue Puppe.

Sie packt das Geschenk aufgeregt aus, die neue Puppe schaut sie starr an. Luise erschrickt, sie ist aus Plastik und fühlt sich kalt und hart an. Luise schafft es nicht, sie lebendig zu machen. Sie sucht einen Namen, nennt sie Bärbel, doch sie spricht nicht mit ihr. Sie bringt sie zu den anderen in die Spielecke.

Nach der Schule rennt sie die Treppe hoch zu ihren Puppen. Bärbel schaut sie starr an und auch die anderen wirken leblos. Luise versucht ihr Spiel mit ihnen, so wie immer, aber sie antworten nicht mehr.

Immer wieder geht sie zu ihren Puppen, die von einem zum anderen Tag aufgehört haben, lebendig zu sein. Doch vergebens. Sie bleiben stumm.

Mit wem soll sie jetzt reden?

Kapitel 28

# Einmaleins

Luise nimmt die Scheibe Weißbrot und knetet sie zusammen, bis sie eine kleine Kugel in der Hand hält. Dann steckt sie sie in den Mund, weich und süß. Sie lässt sich Zeit mit dem Runterschlucken. Die Schularbeiten liegen auf dem großen Küchentisch, sie soll eine phantastische Geschichte schreiben. Es fällt ihr schwer. Sie setzt sich wieder an den Tisch, kaut auf ihrem Stift herum, schaut zum Fenster hinaus. Heute ist ein regnerischer Tag, die Regentropfen laufen an der Scheibe entlang und bilden Rinnsale.

Luise steht wieder auf und geht zum Brotschrank, nur noch eine Scheibe. Sie nimmt das Messer und schneidet ein großes Stück ab, und wieder presst sie das Brot zusammen, knüllt es in der Hand zusammen, um es dann lange im Mund hin und her zu schieben.

Die Schwester sitzt ihr gegenüber und übt das Einmaleins. Da kann Luise helfen, etwas Handfestes. Hanne schaut sie dankbar an. Luise will einfach nichts Richtiges einfallen, ihr Kopf fühlt sich schwer und unbeweglich an.

Der Regen wird noch heftiger. Es ist gut im Warmen zu sein.

Und wieder steht sie auf und nimmt sich von dem süßen Brot, die Hälfte ist schon weg. Die Mutter hat es doch heute erst besorgt, es soll für ein paar Tage reichen. Jetzt muss sie aber aufhören.

Sieben mal acht ist sechsundfünfzig, ruft sie der Schwester zu. Das Einmaleins beherrscht sie.

Soll sie in der Ichform schreiben, nein das wäre zu persönlich. Von wilden Tieren zu schreiben, die sie im Traum verfolgen, kommt ihr komisch vor.

Sie steht auf und schneidet sich noch mehr von dem Brot ab und wieder verschwindet es zunächst in ihrer Hand, wird eine Kugel.

Die Mutter kommt in die Küche und beginnt Äpfel für Apfelmus zu schälen. Sie ist ärgerlich, dass Hanne und Luise noch immer bei den Hausaufgaben sitzen. Jetzt kann Luise nicht mehr zum Brotschrank gehen.

Hanne stellt wieder eine Aufgabe. „Sechsunddreißig“, antwortet Luise blitzschnell.

Die ersten Sätze sind geschrieben, aber sie weiß, dass der Aufsatz nicht gut wird. Die Mutter steht am Herd und rührt die Apfelstückchen zu einem Brei.

Luise darf sich etwas von dem warmen Mus in ein Schälchen füllen. Sie nimmt den Zuckertopf und gibt Löffel für Löffel zu den Äpfeln, bis sich ein richtiger Berg bildet.

Es regnet immer noch.

Warm und süß, der Aufsatz ist weit weg.

Kapitel 29

# Roter Schulbus

Es ist ruhig im Haus, noch ist es dunkel. Luise wirft das schwere Federbett auf den Boden. Es ist kalt, sie krümmt die Zehen zusammen und macht sich auf den Weg ins Badezimmer, auch hier ist es eisig. Es soll gespart werden, wie immer, das Heizöl ist teuer. Sie hat sich ihr Taschengeld zurückgelegt und sich dafür eine gut riechende Creme gekauft, die sie jetzt mit langsamen Bewegungen in ihr Gesicht streicht.

Niemals wird sie sich gehen lassen wie die Mutter, die von Jahr zu Jahr dicker geworden ist und ihren Körper in unförmigen Nylonkittelschürzen versteckt, die bei jeder Bewegung knistern.

Sie zieht den Bauch ein, bloß nicht zu viel essen. Die Frauen in ihrer Familie sind alle dick, sie denkt an die Oma, die sich nur noch auf zwei Stöcken abgestützt fortbewegen kann.

Sie nimmt die enge Jeans, die ihre langen schlanken Beine, die schmalen Hüften betont. Dann zieht sie den dicken Norwegerpullover über den Kopf, wirft die langen Haare nach hinten und zieht sie wieder ins Gesicht. „De long Hor, dat jefällt mich nich. Da siehste aus wie ne Jammler, de daugen nichts“, meint sie den Vater wieder sagen hören. „Wenn de schläfst, dann mach ich ne kurze Prozess und wech damit.“

Wenn er das wagen sollte! Luise erfasst wieder diese Wut, sie weiß nicht, wohin mit sich und läuft schnell die Treppe hinunter. Sie macht sich ihr Frühstück schon immer selbst, hat sich dagegen gewehrt, dass die Mutter mit aufsteht.

Sie will ihre Ruhe, will sich, ihre Gedanken, in die sich niemand einmischen soll. Mit dem Fahrrad fährt sie zur Bushaltestelle, bei Wind und Wetter, und wartet auf den roten Bus, der sie zur weiterführenden Schule bringt. „Dat is een Mädschen, dat bruch net zu ne höhere School, dat hat doch ne Mann, de jeht doch arbeiten.“

Sie hat es durchgesetzt, der Lehrer hat ihr geholfen. Und dann diese verdammte Angst, wenn sie es nicht schaffen würde, auf der weiterführenden Schule. Sie denkt an die ersten Englischstunden, die neuen Wörter wollten nicht in ihren Kopf. Sie ist über den Hof gelaufen, hat sie immer wieder wiederholt, bis sie sich vor ihr beugten und ihr zu eigen wurden.

Sie tritt kräftig in die Pedale, sie ist spät dran. Es beginnt zu tagen, der Winterhimmel färbt sich rot. Ein großes Glücksgefühl macht sich in ihr breit, ihre vor Kälte geröteten Hände nimmt sie kaum wahr.

Der rote Schulbus kommt und trägt sie fort, in eine andere Welt.

Kapitel 30

# Gute Taube

„De Händ sind zu jroß für ne Mädchen“, er greift nach ihrer Hand. „Du bist jut jewachsen, aber de Finger, dat jeht nich, da sind ja Hor drauff, nee, dat jeht jar nich, de musste abrasiere. Und de Mund musste zumachen, du siehst ja ut als könnste nich jrad auslaufen“. Der Vater ist in Fahrt, Luise versteckt ihre Hände und presst die Lippen zusammen. Wieder dieses Klagen, mit ihr stimme was nicht, sie sei das hässlichste Kind im Dorf.

Luise schaut auf seine dicke Narbe zwischen Lippe und Nase, darum hat er auch erst spät sprechen gelernt.

Ihre Hände sind wirklich groß und ähneln denen des Vaters, findet sie. Sie mag sie auch nicht und wünscht sich kleine, zarte. Sie kann zupacken, wie er, besonders im Feld. Sie trägt die schweren Kisten mit Blumenkohl alleine.

Die Mutter habe eigentlich eine gute Figur. „Dat sieht man bloß nich, weil sie so dick is, aber die hat ne jute Anlag, sonst hätt ich sie auch nich jenommen.“

Luise muss an vorige Woche denken, wo der Bauer, für den der Vater arbeitet, zu Besuch kam und sie den Rock hochheben sollte, damit er ihre gutgewachsenen Beine sehen könne.

„Die is jut jewachsen, hat schöne Been.“ Es war Luise unangenehm und sie war froh als der Mann abwinkte und mit dem Vater über die Arbeit im Feld redete.

Aber sie möchte dem Vater so gerne gefallen, er soll stolz auf sie sein können.

Manchmal beim Fernsehen nimmt sie den Daumen in den Mund und dann kommt seine Hand von hinten und schlägt ihr in den Nacken. Er mag es nicht, sie sei zu alt dafür. Leider merkt sie nicht immer, wenn er hinter ihr steht. Das Daumenlutschen kann sie aber auch nicht lassen.

Es ist, als wäre ein Pistole ständig auf sie gerichtet und daraus könne sich jederzeit ein Schuss lösen, der sie träfe.

Sie versucht aufmerksam zu sein und seinen Blicken zu entkommen, dabei muss sie aufpassen, gut aufpassen. Sie will eine gute Taube sein.

Kapitel 31

# Warme Milch

Jeden Morgen sitzt die Mutter mit dem Eimer zwischen ihren dicken Schenkeln, nimmt das scharfe Küchenmesser und schält die Kartoffeln für das Mittagessen und die Bratkartoffeln, die es immer abends gibt. Dazu gibt es frische, noch warme Kuhmilch, die in einer großen Milchkanne auf den Tisch gestellt wird. Die Bratkartoffeln müssen die richtige Beschaffenheit haben, knusprig und nicht zu fettig. Die Mutter wendet die Scheiben immer wieder, steckt sich zwischendurch einige in den Mund.

Doch selten sind sie richtig. Den Vater packt die Wut, er öffnet das Küchenfenster und die Pfanne fliegt auf den Hof. So auch heute. Ein gewaltiger Knall. Die Bratkartoffeln fliegen durch die Luft und bleiben verstreut auf dem Hof liegen, die Hunde stürzen sich darauf. Luise flüchtet in den Flur und kauert sich auf die unterste Treppenstufe und wartet, bis der Ausbruch vorbei ist. Doch dann geht sie wieder in die Küche, setzt sich zu ihm, manchmal redet er mit ihr. Die Mutter geht mit der Schwester ins andere Zimmer, das Fernsehprogramm läuft.

Der Vater stiert vor sich hin, trinkt becherweise von der noch immer warmen Milch, Luise nimmt auch davon. Unvermittelt beginnt er zu reden: „Anneliese, de Männer brauchen wat zum Anfassen, werd bloß nich noch dünner.“ Sein Blick fährt taxierend über Luises schmal gewordenen Körper. „Hol de Katalog, du kriegst ne neue Rock. Ich han de richtige Blick dafür.“ Er grient in sich hinein. Luise fühlt sich unwohl, doch sie bleibt an seiner Seite und wartet.

Jetzt ist sie groß, sie wird bald konfirmiert, doch wie oft hat sie sich nach seinen Händen gesehnt, in seinem Arm zu liegen, sich gewünscht sich auf seine Knie zu setzen und darauf zu schaukeln.

Sie sieht sich noch, wie sie früher abwartend vor seinem Sessel stand, wenn er vor dem Fernseher eingeschlafen war, mit offenem Mund, der Zigarrenstummel kalt wurde und sie überlegte, ob sie es jetzt einmal wagen sollte, sich ihm zu nähern. Aber sie hat sich nie getraut.

„Ich habe eine Zwei in der Englischarbeit bekommen," versucht sie das Gespräch in eine andere Richtung zu bringen. „De Schol is dat wichtigste, Kink. Lern jut." Der Vater kann nicht lesen, Luise weiß es, aber darüber darf nicht gesprochen werden. „Anneliese, nu hol de Katalog", greift der Vater sein Anliegen wieder auf. „Du sollst doch jut aussehen, dann kriegste auch ne Mann." Er ist ihr unheimlich, doch sie bleibt. Einmal kam sie im Nachthemd in die Küche, er betrachtete ihre wachsende Brust. „De Nippel kann ich sehen", und lächelte dabei wieder in sich hinein.

Jetzt trägt sie ihren BH auch nachts. Der Vater blättert durch die Seiten und zeigt auf einen Rock mit Pepitamuster. „Dat wär wat für dich."

Der Vater interessiert sich für sie, Luise freut sich. Sie betrachtet seine Hände. Sie sind groß und kräftig. Wenn er von der Feldarbeit kommt und sie noch voller Erde sind, würde sie sie gerne anfassen und mit ihren Fingern darüberfahren. „Anneliese, de Milch ist jetz kalt jeworden, de kannste nu wegstellen." Er steht auf, schlurft ins andere Zimmer zu den anderen. Der Katalog bleibt aufgeschlagen auf dem Tisch liegen. Luise stellt die Milch in den Kühlschrank und folgt ihm.

Kapitel 32

# Schönes Fleisch

Er betritt die Küche, wischt sich mit der Hand die Erde aus dem Gesicht, hält den Mund unter den Wasserhahn und trinkt. Der große Deutz steht auf dem Hof, die Mutter vor dem Herd, wendet den Braten. Die Teller stehen schon auf dem Tisch. Zum Nachtisch gibt es Vanillepudding mit Eischnee und Erdbeeren. Sie hat sie frisch vom Feld gepflückt, gezuckert. Er schaut zu ihr, heftet seinen Blick auf ihr Hinterteil, schlägt darauf und lacht lauthals. Sie schreit unwillig auf. Er tätschelt ihren Rücken, sie schubst ihn weg.

Das Kind soll zum Essen kommen, es sei keine Zeit. Er fängt an zu singen, will sie von hinten greifen. Sie wehrt ihn heftig ab. Er solle sich an den Tisch setzen.

Das Mädchen kommt von draußen herein, setzt sich auf die Eckbank. Er taxiert das Kind, verfolgt es mit seinem Blick. Die Mutter verteilt die Hühnersuppe, das Mädchen fischt nach Eierstich und Klößchen. Sie solle ordentlich essen. Der Vater schlürft, hält den Teller hin, nimmt eine zweite Portion, die Löffel klappern.

Keiner spricht ein Wort. Die Mutter stellt die Suppenteller laut aufeinander, trägt sie zur Spüle. Sie verteilt Erbsen und Möhren, Kartoffeln und Soße auf die flachen Teller, schneidet das Fleisch mit dem großen Messer, der Bratensaft spritzt über den Tisch. Das Mädchen starrt auf das Wachstuch. Der Vater bekommt das größte Stück, sein Messer kratzt über den Tellerboden, das Bratenstück wird kleingeschnitten. Das Mädchen schiebt das Fleisch an die Seite, rollt die Erbsen über den Teller und versucht sie einzeln aufzuspießen. Die Mutter isst kaum etwas, schiebt den Teller zur Seite.

Er betrachtet seine Tochter erneut, heftet seinen Blick auf ihre Bluse, die sich über der Brust leicht zu wölben beginnt. Er beißt ins

Fleisch, das Fett läuft an seinen Mundwinkeln entlang und verfängt sich in der Kinnmulde. Die Mutter steht auf, fängt an die Suppenteller abzuwaschen, bringt den Nachtisch, den noch warmen Vanillepudding. Das Mädchen freut sich auf das Süße, Warme, Cremige und hält den Teelöffel bereit.

Sie spürt seinen Blick auf ihrem Körper. Er beginnt zu reden, unvermittelt, sie sei seine Beste, seine Beste, dabei greift er zwischen ihre Beine, das schöne Fleisch, grient er, das schöne Fleisch!

Das Mädchen springt erschrocken auf, rennt die Treppe hoch. Die Mutter steht auf und wäscht die flachen Teller ab. Das Kind läuft ins Bad, wirft die Tür zu, dreht den Schlüssel um. Die einzige Tür im Haus, die man abschließen kann. Er folgt ihr, schreit, schlägt an die Tür. Sie hockt auf dem Boden.

Warum sagt niemand etwas, warum hilft ihr niemand?

Kapitel 33

# Blumenkohl

Die großen Blätter reichen ihr bis zu den Oberschenkeln, es ist früh am Morgen. Der Blumenkohl muss noch vor Sonnenaufgang geerntet werden, damit die weißen Köpfe nicht gelb und welk werden. Luise hat sich Zeit gelassen mit dem ins Feld kommen, noch einige Zeit im Bad verbracht und in Ruhe ihren Körper eingecremt.

Sie mag die Tautropfen, die kleinen Lachen, die sich auf den Blättern bilden. Sie nimmt das große Messer und schlägt den Kopf ab, mit einem Schlag, wirft ihn auf die Erde. Das Schlagen tut gut, befreit, macht stark und unverwundbar, die Tropfen spritzen.

Sie wird zunehmend wacher, die Wut kommt wieder. Sie wird sich nicht kleinmachen lassen. „Solang du de Föß unter meine Tisch stellst, wird jetan wat isch sach!“, wie sie ihn für diese Worte hasst, seine abfälligen Äußerungen über andere Menschen. „De Arbeiter taugen nichts, den jehört de Kopp ab, wenn et de Hitler noch jäb, de würd ne kurze Prozess mit denen machen.“

Die Eltern gehen mit gebeugten Köpfen vor ihr, schlagen die Blumenkohlköpfe ab. Luise richtet sich auf und schaut zu den Kirschbäumen, in denen die aufgehende Sonne nun als großer roter Ball zu sehen ist. Einen Moment den Körper strecken, den Kopf heben und das Morgenlicht aufsaugen.

Das sind Momente, wo sie die Feldarbeit liebt, auch das gemeinsame Arbeiten mag sie, das Laufen durch den Dschungel aus Kohlköpfen, Reihe um Reihe und immer wieder der Schlag mit dem großen, langen Messer.

Aber damit könnte man jemanden umbringen. Was, wenn der Jähzorn des Vaters in einem solchen Moment zum Ausbruch käme?

„Isch bresch disch dat Jenick, wenn de nischt hörst“, hat sie ihn schon oft schreien hören.

Bald werden die Kirchenglocken den Gottesdienst einläuten, dann darf sie gehen, sie soll doch in diesem Jahr konfirmiert werden. Luises Gedanken gehen oft zu Gott, zu dem sie abends betet, dass er ihr doch helfen möge. Die biblischen Geschichten erzählen von Hoffnung, haben eine Ordnung, die ihr Halt gibt. Die Schimpfworte, die Wut prallen hier ab. Manchmal ertappt sie sich jedoch, wie die Gedanken des Vaters zu ihren werden, sie schlecht über andere Menschen denkt.

Den Kopf wieder beugen und auf den Blumenkohl schauen. Ist er groß genug, um abgeschlagen zu werden, muss sie den noch zu kleinen mit Blättern abdecken, damit er besser wachsen kann und nicht gelb wird? „De Städter fressen de nur, wenn de wieß is!“ Wäre sie doch bloß eine der Städterinnen, es würde hochdeutsch geredet, es gäbe einen schön gedeckten Tisch und klingende Worte.

Endlich läuten die Kirchenglocken, jetzt kann sie das Feld verlassen, die schweren Gummistiefel ausziehen.

Kapitel 34

# Konfirmation

Die Tauben fliegen heute wieder. Die Stechuhr steht bereit. Voriges Jahr hat er den Pokal gewonnen und auch dieses Mal steht er gut da. „Hänesgen kum“, pfeift er.

Der Hof füllt sich mit Autos, es werden Geschenke und Karten für Luise abgegeben. Die Kirchenglocken läuten das erste Mal, in einer halben Stunde beginnt der Gottesdienst.

„Anneliese, nu mach mal, du musst dat Kleid anziehen“, ruft die Mutter. Luise holt es aus dem Schrank, es ist von der Schneiderin des Dorfes extra für ihre Konfirmation genäht worden. Es liegt eng an, sie betrachtet sich im Spiegel und zieht den Bauch ein. Das Kleid ist ärmellos, die Achselhaare sind zu sehen, das ist ihr unangenehm. Am Hals hat es eine weiße Borte. Gerade an diesem Tag fängt ein neuer Pickel an zu sprießen, sie versucht ihn auszudrücken, der Eiter spritzt bis an den Spiegel.

Das Glaubensbekenntnis kann sie fast auswendig, aber an die Heilige Kirche kann sie nicht so recht glauben, obwohl sie viel an Jesus denkt. Sie möchte auf keinen Fall so dick wie die Mutter werden und wieder zieht sie den Bauch ein.

In der Küche sind ein paar Frauen aus dem Dorf, die helfen das Mittagessen vorzubereiten. Es kommen immer wieder neue Karten für sie an, die in einer großen Schüssel gesammelt werden. So wichtig war sie noch nie gewesen, das ganze Fest nur für sie. Die Eltern haben gar nichts weiter mit der Kirche zu tun, manchmal geht die Mutter zu Weihnachten hin, dabei weint sie, wenn gesungen wird.

Überhaupt weint sie viel, besonders bei Liebesfilmen, wenn Menschen sich umarmen. Das macht Luise wütend, weil sie es sich so oft gewünscht hat, mal in den Arm genommen zu werden. Jetzt will sie es nicht mehr.

Sie geht die Treppe hinunter, die Mutter sitzt schon im Auto, die Schwester sitzt hinten. Der Vater bleibt auf dem Hof, schaut zu seinen Tauben „Hänesgen, Hänesgen!“

Die Gruppe der Konfirmanden baut sich vor der Kirche auf, keines der Mädchen hat ein ärmelloses Kleid an, irgendwie sehen sie viel vornehmer aus als sie selbst, findet Luise und muss wieder den Bauch einziehen. Wieso sieht sie immer anders aus als die anderen?

Die Mutter kauft viel bei einem fahrenden Händler, Dinge, die sie tragen soll, die gar nicht modern sind. Manchmal wird sie deswegen in der Schule gehänselt, besonders schlimm ist ein Badeanzug aus Lederimitat, niemand trägt so etwas.

Hätte sie doch jetzt bloß eine Jacke, die sie überziehen könnte. Die Orgel ertönt, der Zug marschiert in die Kirche ein. Ihr ist feierlich zu Mute und als sie ihren Konfirmationsspruch bekommt – „Der Herr ist mein Hirte“ – nimmt sie sich ganz fest vor, immer daran zu denken, wenn sie sich alleine fühlt.

Als sie nach Hause kommen, hat sich die Schüssel noch mehr gefüllt. So viele Leute denken an sie. Im ganzen Haus riecht es nach Essen. Als erstes gibt es Hühnersuppe mit Eierstich, den die Mutter besonders gut zubereiten kann.

Kapitel 35

# Eisblumen

Luise schließt die Tür zum Wohnzimmer hinter sich, schnell läuft sie die Stufen hoch. Der Schlafraum der Mädchen ist nicht geheizt. Am Fenster haben sich Blumen gebildet. Luise haucht ein Loch in das Eis, schaut in die Nacht. In der Ferne sieht sie die hellen Birkenstämme in der Dunkelheit leuchten. Sie krümmt die nackten Zehen, reibt die Hände und kratzt ihren Namen in das Eis.

Nur ein Raum im Haus ist geheizt, da, wo sie zusammensitzen, bei Fernsehlicht. Luise sieht sie wieder vor sich, den Vater schnarchend, wie immer den kalten Zigarrenstummel im Mundwinkel, die Hand im Hosenschlitz, die Mutter Strümpfe strickend, mit den Kandidaten fiebernd, der Hund zu ihren Füßen, die Schwester mit den Katzen auf dem Sofa. Luise meint den Geruch von Stall und ungewaschenen Körpern zu riechen. Sie presst ihr Gesicht an die kühle Fensterscheibe.

Die Kälte kriecht an ihren Beinen hoch, Luise verzieht sich unter das schwere Federbett, das noch in Kriegszeiten gegen ein Pfund Butter getauscht wurde. Das Bett neben ihr ist noch leer, die Schwester wird später kommen. Luise hätte so gerne ein Zimmer für sich. Vorsichtig gleiten ihre Hände an ihrem Körper entlang. „Dat du nich noch dünner wirst“, hat der Vater gesagt, „dann kriegste ein Tracht Prügel.“ Sie legt die kalten Hände in die Mulde zwischen ihre Hüftknochen und lässt sie dort Platz finden. Andächtig tastet sie weiter, an den hervorstehenden Rippen hoch, zu der flachen Brust, an der kaum noch Rundungen wahrzunehmen sind.

Seine Blicke werden an den Knochen abprallen und sich nicht mehr an ihr festsaugen können. Luise strampelt aufbegehrend mit ihren Beinen gegen das schwere Federbett. Sie beruhigt sich wieder, greift nach ihrem Buch, doch die Buchstaben verschwimmen vor ihren Augen, ihre eigene Gedankenwelt ist so mächtig. Sie klappt es wieder zu. Ihr Blick wandert durch den Raum, bleibt an der Rosentapete hängen. Sie zählt die Blumen, teilt sie in Abschnitte, fängt von vorne an.

Hanne kommt die Treppe hoch, schnell dreht sich Luise zur Seite, stellt sich schlafend. „Schläfste schon, Anneliese?", fragt die Schwester beim Ausziehen und legt sich neben sie.

„Du bist ja ganz kalt. Komm, ich hab ganz warme Hände." Resolut ergreift sie die Hände der Schwester, legt sie zwischen ihre, haucht darüber. Luise hält still, genießt die Berührung, ihre Augen bleiben geschlossen. Die Tränen rinnen lautlos, wärmen ihr Gesicht. Luise rutscht zu der Schwester ins Bett, presst sich ganz fest an sie.

Der Name an der Fensterscheibe hat sich wieder mit dünnem Eis überzogen, die Birkenstämme leuchten in die Nacht.

Kapitel 36

# Bauch

Wieder Samstagnachmittag, das wöchentliche Saubermachen für fünf Mark, um ihr Taschengeld aufzubessern.

Luise geht lustlos die Treppe hinauf, dabei legt sie eine Hand auf ihren Bauch, der sich schon wieder mal rund unter ihrem Rock nach außen wölbt. Sie versucht ihn einzuziehen, aber seine Form verändert sich kaum.

In der Schule wird sie schon ausgelacht und gefragt, in welchem Monat sie ist. Dabei isst sie kaum etwas, der Bauch macht was er will und entzieht sich ihrer Kontrolle. Vor ein paar Monaten war sie doch noch ganz dünn.

Flach soll der Bauch sein, ganz flach. Sie mag nicht aufs Klo, es ist ihr unangenehm, sie ekelt sich vor dem Geruch der anderen. Sie presst die Pobacken oft zusammen. Ihr Körper ist ihr zuwider, das monatliche Bluten, das Schwitzen. Ihr Bauch ordnet sich ihr nicht unter, sie möchte ihn zwingen, das zu tun, was sie möchte.

Jetzt nimmt sie den Staubsauger und fängt an unter ihrem Bett zu saugen. Doch schon nach kurzer Zeit legt sich aufs Bett und lässt den Motor laufen, legt die Hand wieder auf ihren Bauch und möchte am liebsten mit ihren Fäusten darauf trommeln. Sie hasst ihren Körper, sie möchte körperlos sein, nur Geist.

Sie stellt den Staubsauger aus und geht ins Bad. Der Schmutzrand in der Badewanne widert sie an, fast muss sie sich übergegen. Zuletzt hat der Vater darin gelegen, sie meint ihn noch zu riechen. Er läuft gerne nackt durch das Haus und zeigt sein Geschlechtsteil. Es ist groß, rot, geschwollen. Es sieht unheimlich aus. Die Mutter mag es nicht, wenn er sich so zeigt und schreit.

Sie kippt die halbe Dose Scheuerpulver in die Wanne, beugt sich vor und beginnt mit dem Schwamm zu wischen. Je mehr von dem Schmutz verschwindet, desto mehr steigert sie das Tempo. Sie gewinnt Sicherheit und das mit dem Bauch wird sie auch schaffen, er wird verschwinden.

Kapitel 37

# Leere

Es ist ein schöner heller Tag, die ersten Osterglocken leuchten durch das braune Wintergestrüpp.

Luise läuft ziellos um das Haus. Ferien, aber sie weiß nichts mit sich anzufangen. Im Feld gibt es noch nichts zu tun und es liegt viel freie Zeit vor ihr, keine Schulaufgaben, die erledigt werden müssen.

Der Bus fährt nur zweimal täglich in die Stadt, der Weg zur Haltestelle ist weit und so ist es schwer, dem Hof zu entkommen.

Der Feldweg zum Haus ist vor kurzem gepflastert worden, die Eltern sind stolz darauf. Sie haben es bar bezahlt, auf einen Schlag.

Die weiterführende Schule macht Luise Freude, sie ist ein Zuhause für sie geworden, dass sie schon jetzt vermisst.

Bei ihr hat sich eine große Leere breitgemacht und sie schaut hilflos über die Felder. Der Garten ist umgegraben und zum Bepflanzen bereit.

Sie wird noch einmal in die Küche gehen und nach dem Mittagessen schauen. Sie schneidet sich ein Stück vom Braten ab und steckt es sich in den Mund. Für einen Moment fühlt sie sich wohl. Aber es ist schnell vorbei und sie nimmt sich noch ein weiteres Stück. Der Braten wird immer kleiner.

Er ist doch fürs Mittagessen, Luise kann nicht aufhören. Sie zwingt sich wieder hinauszugehen und bleibt an der Haustür stehen, die Apfelbäume werden bald blühen, die Knospen sind schon prall.

So fühlt sich ihre Brust auch an, sie wölbt sich unübersehbar unter ihrer Bluse. Das Gefühl verunsichert sie, aber sie findet es auch schön.

Unter den Bäumen hat sie mit ihren Puppen gespielt und die Zeit verging ganz schnell. Aber jetzt steht sie.

Das Mittagessen ist der Höhepunkt des Tages, der Vanillepudding, und dann?

Ihre Mitschülerinnen haben schon fast alle einmal einen Freund gehabt, aber sie hat Angst vor Jungen und dem, was sie wollen. Küssen findet sie peinlich. Da ist Horst mit den dicken Lippen und dem Afrolook, der will immer. Sie hat sich schon einmal mit ihm verabredet, aber sie war froh, als er wieder ging.

Bald muss der Blumenkohl gepflanzt werden, vielleicht nächste Woche, dann muss sie helfen.

Heute Abend kann sie fernsehen, aber der Nachmittag ist noch so lang.

Kapitel 38

# Poster

Die Betten stehen nebeneinander, rechts und links die Nachtschränkchen und die gemusterten Läufer. Die Wände sind mit einer Blümchentapete versehen und an einer Seite stehen zwei Kleiderschränke, in der Nähe der Tür die Kommode mit einem großen Spiegel.

Luise hat an ihrer Bettseite begonnen Poster mit Stecknadeln zu befestigen. Paul, John, George und Ringo schauen vom Kopfende zu ihr hin, sie mag die Beatles, bekommt von der Musik eine Gänsehaut. Die Mutter meint, die Tapete gehe von den Nadeln kaputt und die Männer sähen furchtbar aus mit ihren langen Haaren.

Luise hat sich ein Songbook gekauft und versucht die Lieder zu übersetzen. „She`s leaving home“, gefällt ihr besonders, dass würde sie auch am liebsten, die Tür hinter sich zu ziehen und gehen.

Weg aus der Enge, dem Geruch nach Schwein, den ewigen Streitereien der Eltern.

Die Musik ist so voller Zärtlichkeit und sie spürt beim Hören, wie sich Leichtigkeit in ihr ausbreitet und sich eine andere Welt in ihr auftut, eine mit vielen Umarmungen.

Und dann wieder die lauten Töne, wo ihre Wut einen Raum bekommt und sie aufbegehrt gegen die oft sinnlosen Verbote und Regeln, die die Eltern in ihrer Ohnmacht aufstellen.

Eines Tages wird sie weggehen und diese Welt hinter sich lassen, verspricht sie sich selbst und den vier jungen Männern, die sie anlächeln.

Kapitel 39

# Rapunzel

Gleich muss der Bus kommen, Luise hängt ihren Gedanken nach. Sie betrachtet ihre langen Haare, die bis zu ihrem Po gehen und wie ein Mantel wärmen. Sie zieht ein paar Strähnen ins Gesicht und schaut auf die Straße. Sie denkt an Rapunzel.

Säße sie in einem Turm gefangen, könne ihr Liebster zu ihr. Sie ließe ihr Haar hinunter und er würde zu ihr klettern.

Weiter kann sie die Geschichte nicht denken, was passiert dann? Sie fallen sich in die Arme und…

Luise weiß nicht so recht weiter, eigentlich möchte sie nicht, dass jemand zu ihr kommt. Aber der Vorhang aus Haaren gibt Schutz vor Blicken und sie muss nicht alles sehen, was um sie herum geschieht.

Sie träumt sich in ihre Welt, wie schon immer. Ein Mann gehört nicht dazu, das Küssen, das sie sich immer als Kind gewünscht hat, ist weit weg gerückt. Sie ekelt sich vor Körpern und ihren Gerüchen.

Sie kann sich selbst nicht ertragen und versucht sich wegzuwaschen.

Sie setzt sich auf die Wartebank. In ihrer Tasche hat sie eine Tüte Gummibärchen, sie baut sie zu einer Armee neben sich auf. In der ersten Reihe stehen die weißen, dann kommen die roten, grünen und zum Schluss die gelben.

Sie wird sie in den Kampf schicken, sie werden im Gleichschritt marschieren und sie beschützen, dabei verschlingt sie die erste Reihe. Sie kaut heftig und voller Genugtuung. Ihr kommt keiner mehr zu nahe. Sie greift in die zweite Reihe, beißt hinein, die Köpfe kommen zuerst.

Die nächste Reihe fällt ihr zum Opfer, sie muss aufhören, sie wird dick wie die Mutter, die Oma.

Wer soll sie beschützen?

Die leere Tüte knistert in ihrer Hand, sie macht eine Faust, drückt die Tüte klein und lässt sie wieder los. Der Wind treibt sie davon.

Sie zieht ihre Haare ins Gesicht und verlässt die Bank Sie schaut auf den Boden und weicht den Blicken aus, die ihr folgen. Der Bus kommt, sie steigt ein.

Luise starrt aus dem Fenster und nimmt Häuser und Straßen nicht mehr wahr.

Kein Wort wird sie mehr reden.

Kapitel 40

# Ludwig

Der Pullover kratzt, er ist aus Schafwolle. Es ist Sommer, der Schweiß rinnt und der Pullover klebt am Körper, aber sie will ihn nicht ausziehen.

Er gibt Schutz vor Blicken, sie kann ihren Körper verbergen, der Busen verschwindet in dem lässig weiten Pullover, keine nackten Arme, die jeder sehen könnte. Der Bus fährt Richtung Stadt zur Schule, an dem nachmittags noch zusätzlich Russisch angeboten wird.

Luise nimmt freiwillig daran teil, die Eltern sind stolz auf sie. Dass sie sich die neuen Worte nicht mehr merken kann, dass sie oft so tut, als ob, dass sie nicht weiß, ob sie die Schule schafft, behält sie für sich.

Mit fünf Jahren lief sie ja schon immer mit Stift und einem kleinen Block herum, hatte Bücher bei sich. „Dat Kink is schlau, dat muss lernen, dat muss nich in et Feld!“ Ja, sie bekam Bücher geschenkt, bevor sie überhaupt lesen konnte und sie hat dann getan, als ob sie läse. Es war anstrengend und langweilig, weil sie die Worte nicht verstand.

Sie schaut aus dem Fenster, vorbei an Feldern, dann die Vororte. Sie schaut in die Auslagen der Geschäfte, da ist das Schuhgeschäft, wo sie früher mit der Oma hingefahren ist.

Ob es den Holzelefanten, auf dem man schaukeln kann, immer noch gibt und die Lurchi-Hefte?

Schon sind sie an der Marienkirche. Auf dem Vorplatz hat Ludwig letzte Woche Schlagzeug gespielt und Norbert hat Lieder von Neil Young gesungen. Bei dem Gedanken an Ludwig fängt sie noch mehr an zu schwitzen, das Make-up läuft.

Der Bus hält vor dem Mädchengymnasium, Luise steigt aus, doch sie geht weiter in Richtung Innenstadt zum Marien-Café. Hier treffen sich nachmittags oft Schüler, da kommen auch welche aus dem Jungengymnasium.

Ihr Blick eilt durch den Raum. Ludwig ist nicht da, schade, aber Birgit und Anke sitzen am kleinen Tisch in der Nähe des Fensters. Sie wohnen hier ganz in der Nähe, nicht auf dem Dorf, so wie sie.

Die beiden trinken Cola, Luise setzt sich zu ihnen. „Warum trägst du im Sommer bloß so dicke Pullover?“ Sie tragen leichte Sommerkleider, die Träger des BHs sind zu sehen, Arme, Beine und Gesichter braun gebrannt.

So würde sie niemals herumlaufen, sie antwortet nicht, bestellt auch eine Cola. Sie hat den Pullover selbst gestrickt, sie findet, er steht ihr gut. Wenn sie jetzt in Island leben würde, fiele sie nicht auf mit den dicken Boots, dem Pullover. Sie ist weiß geschminkt, oft wird sie gefragt, ob sie krank sei. In der Schule steht sie auf der schwarzen Liste, es wird vermutet, dass sie Drogen nimmt.

„Habt ihr Ludwig gesehen?“ „Der war eben mit Norbert da, die wollten in den Schlosspark, bestimmt zum Kiffen“, meint Anke. Luise trinkt ihr Glas hastig leer und steht auf. Vielleicht trifft sie die beiden noch. Der Pullover ist jetzt ganz nass und klebt am Körper.

Ludwig sieht richtig gut aus, er hat lange Haare, das findet sie toll. Ob er sie auch mag?

Manchmal schaut er sie lange an, sie kann gut mit ihm reden. Er versteht den Ärger, den sie mit ihren Eltern hat.

Luise redet schon über eine Woche nicht mehr mit ihnen, kauft sich ihr Essen von ihrem Ersparten. Sie verachtet sie.

Mit Ludwig wird sie ein neues Leben beginnen, sie werden immer nett miteinander sein, viel küssen und vielleicht ein Kind zusammen haben. Das wird sie ganz festhalten.

Kapitel 41

# Erstes Mal

Luise schwebt, der Alltag ist in weite Ferne gerückt. Ihre Gedanken sind nur noch bei Ludwig und wie es wohl wird, das erste Mal. Ist es schön, tut es weh?

Die Mutter mag es nicht berührt zu werden, es muss schrecklich für sie sein, sie ekelt sich davor.

So viel Luise auch darüber nachdenkt, sie kann es sich nicht vorstellen, wie es sein wird. Sie hat noch nie mit Ludwig darüber geredet. Aber sie sucht seine Nähe.

Es gab doch den dunklen Waschlappen für unten, der versteckt unter dem Waschbecken hing.

Luise mag ihren Körper nicht, er riecht. Sie nimmt den dunklen Waschlappen für unten, der versteckt unter dem Waschbecken hängt und versucht den Geruch wegzuwaschen. Sie versteht die Mutter, aber möchte doch nicht sein wie sie und Umarmungen schön finden.

Das erste gemeinsame Wochenende rückt näher und damit auch ihre Anspannung, aber auch Vorfreude. Sie steht lange vor dem Spiegel, zieht den Bauch ein, wählt Kleidungsstücke aus und verwirft die Auswahl wieder. Endlich ist der Rucksack gepackt, sie treffen sich mit ihren Rädern am Bahnhof.

Am Abend erreichen sie die Jugendherberge, sie haben ein gemeinsames Zimmer. Sie legen sich nebeneinander, ziehen sich aus. Sie schließt die Augen, möchte nichts sehen. Es geht schnell. Sie fühlt ihren Körper nicht. Es tut nicht weh, es wird feucht, Ludwig stöhnt laut. Es scheint ihm zu gefallen.

So ist das also, auf einmal versteht sie ihre Mutter. Luise schweigt, erzählt Ludwig nichts von sich und er fragt sie nicht.

Kapitel 42

# Hampelmann

Klein ist es, zerbrechlich. Luise hat Angst etwas falsch zu machen, fremd ist es ihr. Es ist einfach so in ihr Leben gekommen, gewünscht und auch nicht. Als es dann heißt, sie ist schwanger, hat sie doch ein mulmiges Gefühl bekommen und möchte gerne alles rückgängig machen.

Bei ihr wird es anders laufen, sie wird nicht dick werden, die Geburt wird schön sein, sie braucht keine Vorsorge, kein Krankenhaus.

Die Liebe zu Ludwig lässt die Welt noch immer rosig und anders erscheinen, bei ihnen ist doch alles anders. Mein Kleines nennt er sie und hat ein großes Bett für sie alle gebaut.

Dass es nicht immer schön ist, ihre Anspannung, das heimliche Schlingen verschweigt sie.

Weh hat sie getan, die Geburt. Sie hat gedacht, sie muss sterben, sie reißt auseinander. Der Arzt hat sie angeschrien, sie solle sich nicht so anstellen. Sie kann es nicht sehen, das Blut.

Sie ist nicht vorbereitet, niemand hat ihr gesagt, dass es so sein wird. Sie kann sich nicht anschauen, so wie damals beim Frauenarzt der Spiegel, den sie fallen ließ. Wie weit der Körper sich öffnet, sie wird geschnitten, blutet, eine Spritze, sie ist für einige Zeit weg, das Kind ist da.

Sie ist nur kurz im Krankenhaus, will wieder zu Ludwig mit dem Kind. Er hat ein riesiges Federbett für sie alle gemacht. So soll es bleiben, es soll doch anders sein, sie hält das Kind fest, ganz fest, drückt es an ihre Brust. Aber es muss das Trinken noch lernen.

Sie ist so unsicher, klein ist es, zerbrechlich.

Am Abend sitzen sie zusammen, Ludwig ist so geschickt, er zeichnet einen Hampelmann auf, wackelnde Ohren soll er haben.

Später schmirgelt Luise das Holz, malt seine Hose grün. Sie zieht am Faden, er streckt Arme und Beine in die Luft, sie zieht immer wieder.

Alles soll so bleiben.

Kapitel 43

## Märchenwald

Es schneit dicke Flocken, der Weihnachtsmarkt ist schon ganz in weiß gehüllt. Die Holzbuden stehen im Kreis vor dem Klosterplatz. Ludwig und Luise hängen die Hampelmänner mit einer Leine vor ihren Stand. Das Kind krabbelt zu der dicken Holz Kuh, die man hin und her schieben kann. Es kräht vor Vergnügen.

Es bleiben viele Menschen an dem Stand stehen und bewundern das schöne Spielzeug, das eine Auszeichnung bekommen hat. Luise ist stolz auf Ludwig, sie hat ihm geholfen beim Sägen und Anmalen. Sie wollen sich vielleicht selbstständig machen, nur sie beide.

Aber manchmal beschleicht sie ein Gefühl der Langeweile. Der immer gleiche Tagesablauf gefällt ihr nicht, sich um das Kind kümmern, Hampelmänner sägen. Sie ist undankbar, sie hat es doch so gut.

Was ist bloß mit ihr los?

Sie kann den Geruch von Holz nicht mehr ertragen, der auch in Ludwigs Kleidung ist. Sie mag seine Nähe nicht, die Berührungen. Das darf nicht sein.

Sie möchte ausbrechen, weiß aber nicht wie.

Sie nimmt das Kind hoch und presst es ganz fest an sich. Es ist doch gut so, wie es ist. Wenn da nicht diese Unruhe wäre und die heimlichen Essanfälle, die sie versteckt hält. Der Bauch, sie kann ihn nicht kontrollieren, sie wird immer dicker.

Ludwig bemerkt ihre Kämpfe nicht, für ihn ist sie seine kleine Fee, die er beschützen möchte und vor der Welt abschirmen.

Sie trägt nach wie vor die dicken Wollpullover. Er mag es gerne, wenn sie ihre langen Haare offen trägt und streichelt oft darüber.

Er hat ihr ein Spinnrad gebaut, aber sie ist nicht geschickt genug, der Faden reißt immer wieder.

Es hört nicht auf zu schneien, sie wird gleich mit dem Kind nach Hause gehen. Es ist zu kalt. Ludwig kehrt den Schnee zur Seite und wischt das Spielzeug trocken. Sie nimmt den Schlitten und zieht das Kind.

„Gleich gibt es eine warme, süße Milchsuppe", redet sie beruhigend auf das Kind ein, das zu weinen begonnen hat.

Kapitel 44

## Ernüchterung

Jetzt gehört es zu ihrem Alltag, das Zusammenschlafen. Ludwig sucht die Nähe, sie versucht sie zu vermeiden.

Das Schweben hat aufgehört und hat einer Schwere Platz gemacht. Sie vermeidet die Abende, das zu Bett gehen, stopft wieder wahllos Essen in sich hinein.

Dann kann sie Nein sagen und ihn abwehren. Sie möchte ein eigenes Zimmer, ihm aus dem Weg gehen können.

Ludwig fühlt sich zurückgestoßen und versteht Luise nicht. Das Besondere des Anfangs ist ihnen abhandengekommen.

Verlorenes Paradies.

Luise dreht sich zum Klang des Saxophons. Ludwig und das Kind sind in weite Ferne gerückt. Hier ist Leichtigkeit, Musik und Tanz. Es ist ein schöner Sommerabend, die Stimmung ist ausgelassen.

Sie atmet tief durch, es ist ihre Nacht, sie will die Ketten sprengen.

Seit zwei Wochen ist sie schon unterwegs mit der fahrenden Theatergruppe, dem Alltag entronnen, dem ewig Gleichen.

Luise ist von Tag zu Tag immer ausgelassener geworden. Heute trägt sie ein weißes Kleid, ihre langen Haare hüllen sie ein, legen sich wie ein Mantel um sie.

Sie verlässt die Sicherheit, den Familienurlaub hat sie abgesagt. Das ist jetzt ihr Weg, Sie geht durch das Tor, ins Unbekannte, das Paradies liegt hinter ihr. Sie schiebt den Mantel zur Seite.

Doch heimlich stürzt sie sich nach wie vor auf die Vorräte und schlingt alles wahllos in sich hinein. Darüber redet sie mit niemand, die Bauchkrämpfe, die Übelkeit hält sie geheim.

Ein Musiker lächelt ihr zu, gesellt sich in der Pause zu ihr. Luise freut sich, er interessiert sich für sie.

Er sieht gut aus, sie lachen zusammen. Es ist die letzte Nacht. Ludwig verschwindet im Nebel. Der Musiker und sie treffen sich in der Nacht.

Es geht wieder schnell, Luise ist enttäuscht. Ein schales Gefühl macht sich in ihr breit. Sie will ihn nicht wiedersehen, alles soll wieder sein wie immer.

Am nächsten Morgen macht sie sich auf den Weg nach Hause, zu Mann und Kind.

Doch der Riss bleibt, der Weg zum Paradies verschlossen.

Kapitel 45

# Nebelwand

Die Tage verstreichen eintönig, Milch holen beim Bauern, den Kinderwagen den Berg hochschieben zu dem kleinen Tierpark im Wald. Dann kommt Ludwig, sie essen zusammen.

Sie hat eigentlich gar keinen Hunger, hat schon ein halbes Brot in sich hineingestopft, hastig und heimlich. Sie schämt sich, aber niemand darf es wissen. Ludwig ist so nett zu ihr.

Sie ist undankbar, aber der Holzgeruch in seinen Kleidern wird immer unerträglicher für sie. Das kann sie doch nicht sagen. Sie lächelt, beißt ins Brot.

Sie vermeidet die gemeinsamen Abende, das ins Bett gehen, die Berührungen.

Sie sehnt sich nach einer Freundin, aber seit ihrem Umzug aufs Land hat sie noch niemand kennengelernt.Sie haben das Landleben doch bewusst gewählt, keine zusätzlichen Reize, nur das Wesentliche zählt.

Wenn da nicht diese Langeweile wäre und seine Annäherungen, bei denen sie sich selbst nicht spürt und sich verliert.

Sie weiß nicht, was mit ihr los ist.

Das Kind lacht sie an, krabbelt auf sie zu. Sie schluckt die Tränen herunter, es ist so süß.

Warum reicht ihr das denn nicht?

In der Nacht hat sie geträumt, dass Ludwig und sie auf einer Insel sind, die sich auf einmal teilt. Er verschwindet im Nebel, sie ist allein mit dem Kind.

Sie ist voller Angst aufgewacht,

Sie nimmt sich noch ein Stück Brot und schlingt es hastig herunter.

Es soll doch alles bleiben, wie es ist.

Kapitel 46

# Riss

Die Tage vergehen schnell, reihen sich unbemerkt an das Ereignis, dem was Luise vergessen möchte.

Es ist nie passiert, jene Nacht hat es nicht gegeben.

Ludwig und Luise gehen sich aus dem Weg, reden nicht miteinander. Das Kind schaut ängstlich und spürt das Unvermeidliche.

In manchen Momenten scheint es wie früher zu sein. Sie versucht den Holzgeruch zu mögen, sie schlafen zusammen.

Das Essen bleibt ihr Halt. Hier kann sich das zum Bersten Gespannte in ihr entladen. Der Druck weicht für Momente. Sie kaut, schluckt, würgt.

An einem Abend kommt Ludwig nach Hause, mit ent-schlossenem Gesicht und verkündet die Trennung. Er ist sehr ernst. Luise spürt die Wand, das Aus, schreit auf.

Sie weiß, dass es dieses Mal endgültig ist. Hin und wieder hat sie auch daran gedacht, aber jetzt ist es da, was sie doch nicht möchte.

Auch morgen wird es so sein, Ludwig und sie sind nicht mehr zusammen. Sie spürt es, es gibt kein Zurück mehr.

In den nächsten Wochen verhandeln sie über Möbel, zählen Handtücher, Geschirr, teilen alles auf. Sie weinen dabei, beide.

Das Kind pendelt zwischen ihnen und wünscht sich zu Weihnachten, dass alles wie immer sei, wie immer.

Kapitel 47

# Trennung

Sie läuft wie betäubt durch die nachfolgenden Wochen, sucht einen neuen Platz für sich.

Das Kind, sie hält es ganz fest, es muss bei ihr bleiben, sie darf es nicht auch noch verlieren.

Luise weint sich in den Schlaf, wird schweißgebadet wach, vermisst Ludwig. Nichts vermag sie zu trösten.

Sie versorgt das Kind, ist in Gedanken, kann sich ihm nicht richtig zuwenden.

Die Verlorenheit schwemmt sie fort, sie kann ihr nichts entgegensetzen. Wie sin Boot auf offener See, das in einen gewaltigen Sturm geraten ist, sucht sie vergebens nach einem Halt und hört auf zu essen.

Luise zieht sich zurück, Tag um Tag und nimmt immer weniger am Leben teil.

Sie nimmt ihre große Tasse mit dem Engel, löffelt ihre warme Milch mit Honig und versucht sich dabei selbst zu halten.

Kapitel 48

# Später Baum

Sie läuft schon lange durch die Straßen. Es ist warm, sie zieht ihre Jacke aus und knotet sie um ihren Bauch.

Sie läuft ohne darauf zu achten, wo sie sich befindet. Das Gehen macht ihr Freude. Sie wird immer beschwingter. Sie ist am Stadtrand angekommen. An den Wegen stehen viele Obstbäume. Es erinnert sie etwas ans Paradies ihrer Kindheit.

Bei einem Kirschbaum bleibt sie stehen. Ob sie es wohl noch schafft in den Baum zu klettern?

Ihr Knie fängt an zu bluten, als sie versucht sich an dem Stamm hochzuziehen. Aber sie gibt nicht auf und schon bald befindet sie sich im Wipfel.

Der Baum ist voller Kirschen, sie greift nach den Früchten und isst einige wenige. Das wahllose Schlingen hat aufgehört. Die Kirschen schmecken gut, die Steine steckt sie in ihre Taschen. Sie beginnt zu lachen, da ist niemand, der sie jetzt beobachtet.

Auch jetzt bleibt sie lange im Baum und hängt ihren Gedanken nach. Die Gedanken an Ludwig tun immer noch weh.

Sie denkt an die Männer, die sich im Laufe der Zeit in ihrer Dornenhecke verfangen haben. Noch kein Prinz hat den Weg zu ihr gefunden, ist ihren wortreichen Gefechten und ihrem sich verstecken wollen gewachsen. Die meisten haben den Rückzug angetreten.

In allen vermutet sie den heimlichen Wolf, der sie verschlingen will.

Das Rotkäppchen in ihr jedoch ist neugierig und verlässt gerne den vorgezeichneten Weg und sucht das Wilde.

Lothar hat gestern angerufen, gesagt, dass er vorbeikommen und die Nacht mit ihr verbringen möchte. Nein, hat sie gerufen, nein.

Sie überlegt lange.

Was wäre, wenn sie absteigen würde, die Angst jetzt in den Baum binden und die Früchte der Nacht mit ihm genießen würde?

Kapitel 49

# Rotkäppchen fragt

Sind die Berührungen auch für sie schön? Werden sie sich zärtlich küssen?

Sind sie ehrlich genug, dass ihre Worte ein Haus bauen können, indem die Tapeten, die die Räume schmücken, aus Träumen gewebt sind, Tisch und Stuhl aus Treue und Verlässlichkeit bestehen?

Wird das Bett aus Geborgenheit, Leidenschaft und Verlangen gebaut, ein Schiff sein können für stürmische Tage?

Ist zwischen ihnen so viel Raum, dass ein jeder atmen kann?

Wird sie sich in der Nähe selbst bewahren können und das Eigene fühlen?

Werden sie sich Flügel verleihen können, die alten Ketten hinter sich lassen und sie sich in die Freiheit bringen?

## Kapitel 50

## Nachwort oder das Mose-Körbchen

Hätte man sie damals in ein Körbchen gelegt und es wäre weggetrieben, getragen von den Wellen, wäre sie gewiegt worden und in ein anderes Leben gekommen.

Doch niemand hat sie in einen Fluss gesetzt, der sie getragen hätte.

Das vermeintliche Paradies ihrer Kindheit mit den vielen Bäumen und den wogenden Halmen ist ein Ort der schweren Erde, der dunklen Gummistiefel, der scharfen Messer.

Den Worten fehlte die Zärtlichkeit und der Mut Neues zu schaffen.

Das Leid bricht über die herein, die nicht wagen zu hoffen. Gefangene in alten Ketten! Niemand soll es besser haben.

Doch sie baut ein Boot und setzt es in den Fluss, lässt sich treiben, wiegen und erreicht das neue Land.

# Vita

Die Autorin Ingrid Quack wurde am 25.3.1955 in einem niederrheinischen Dorf in der Nähe von Düsseldorf geboren. Und lebt jetzt schon seit vielen Jahren in Husum an der Nordsee.

Sie besuchte das Mädchengymnasium in Rheydt und studierte in Neuss an der Pädagogischen Hochschule.

Ihren beruflichen Schwerpunkt legte sie auf die Theater- und Spielpädagogik und wirkte in vielen Theaterprojekten mit.

Das Schreiben begleitete sie schon seit der Kindheit. Immer wieder schrieb sie Gedichte und Geschichten, die in verschiedenen Anthologien gedruckt wurden.

Besondere Aufmerksamkeit erregen ihre szenischen Lesungen, welche durch ihre Ausdrucksstärke ihr Publikum begeistern.

Seit zehn Jahren widmet sie sich verstärkt dem Schreiben biographischer Texte, die sie zu einem Roman verarbeitet hat.